KB214541

너와
함께한
모든
순간

너와 함께한 모든 순간

단단 글·그림
주은주 옮김

반짝반짝 빛나는 우리의 설렘 가득한 사랑 이야기

FIKA

17

까칠하고, 결벽이 있고, 표정이 뚱하고,
듣기 좋은 말은 못 하는 남자

단단

착하고, 굳세고, 재미있는 슈퍼 겁쟁이,
음식물 분쇄기 같은 여자

A Precious Memory
사랑을 믿는 모든 이에게

나는 겁쟁이다.
나는 겁난다. 어느 날 자고 일어났는데 확 늙어서 눈이 침침하고
귀밑머리가 희끗희끗할까 봐.
나는 겁난다. 기억을 잃을까 봐.
나는 겁난다. 보잘것없는 짧은 인생에서 보고 느꼈던 모든 아름다
운 장면들을 잊을까 봐. 긴 복도를 스치고 지나던 따스한 밤바람,
손가락 사이로 흐르던 청량한 호수의 물, 햇빛을 받아 살짝 달아오
른 친구들의 영롱한 얼굴들…….

그러나 잊을까 봐 가장 겁나는 건, 누가 뭐래도 바로 당신.

세월이 좀도둑이라면, 기억은 가끔 짓궂은 장난을 치는 개구쟁이
같다. 평범한 내가 이 특별한 둘을 잘 다룰 수 있는 방법이 있을까?
내가 할 수 있는 유일한 일은 아마도 늙기 전에 당신과 나의 세월
을 종이에 기록하고 그림으로 남기는 것이겠지. 평범하고 자질구
레한 우리의 일상이 내게는 한없이 귀하고 소중하니까.

Contents

1

ONE

기막힌
우연

사랑의
메신저,
비스킷

17을 처음 만났던 그해. 나는 열일곱, 그는 열아홉이었다.
나는 대학입시를 준비하려고 베이징 화실에 왔지만,
17은 그저 베이징이 좋아서 그곳에 왔다고 했다.

✶✶✶✶✶✶✶✶✶✶✶✶✶✶✶✶✶✶✶✶✶✶✶✶✶✶✶

베이징을 선택한 이유는 서로 달랐지만,
우리에겐 '그림'이라는 공통점이 있었다.
세상엔 아마 나와 17처럼 기막힌 우연으로 만난 인연이 많겠지.
각자 다른 도시에 살던 우리는 기막힌 우연으로 베이징에 그림을 배우러 왔고,
기막힌 우연으로 같은 화실을 선택했다.
우리의 이야기는 이렇게 기막힌 우연으로 시작됐다.

우리 화실은 학생이 거의 백오십 명이나 되는,
규모가 제법 큰 화실이었다.
학생들은 모두 5층짜리 건물에서 함께 생활하며 그림을 그렸다.

나는 원래 자율과는 거리가 먼 사람이다.
수업 첫날인데도 일어나지 않고 이불 속에서 꼼지락꼼지락.
그러다 눈을 뜨니 그새 기숙사 안은 텅 비었고,
남은 사람이라고는 나뿐이었다.
재빨리 세수와 양치를 마치고 후다닥 화실로 달려갔다.

꿀잠 중~~ㅋㅋ

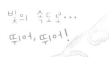

빛의 속도로...
뛰어, 뛰어!

무브, 무브, 무브~

간신히 화실에 도착했을 때,
다른 학생들은 이미 화구를 정리하고
각자 자리를 잡고 앉아 있었다.

젠장 ......

망했다 ......

화실 안은 너무 고요해서 연필이
도화지에 닿을 때 나는 사각사각 소리만 들릴 정도였다.

▲　▲　▲　▲　▲　▲　▲　▲　▲

까치발로 살금살금, 앉을 자리를 찾으며 사방을 둘러봤다.
남은 곳은 화실 모퉁이 쪽에 몇 자리.
눈치가 보여 대충 아무 자리에 앉았다.

L O V E

자리에 앉자마자 뱃속에서 꼬르륵하는 소리가 들렸다.
그 소리에 번쩍, 우리 집 가훈이 생각났다. "괴로워도 슬퍼도 밥부터 먹자!"

* *

"그래! 일단 배부터 채우자고!"
주머니에서 비스킷을 꺼내어 당당하게 입으로 집어넣었다.
바삭바삭~ 바사삭~

"왠지 좀 눈치 보이는걸."
혼잣말을 중얼거리며 문득 고개를 들었다가
'살기'가 등등한 눈빛과 정면으로 마주쳤다.
따가운 눈총을 받으면서도 나는 계속 초콜릿 비스킷를 씹어 삼켰다.
심지어 "하나 먹을래?"하며 그에게 거침없이 손을 내밀고 비스킷를 권했다.

맞다.
'그'가 바로 내 인생에서 가장 중요한 존재, 17이다.

그날 이후에도 나는 아침에 일찍 일어나지 못해 늘 뒤늦게 화실에 나와서 모퉁이 자리를 전전했다.
느지막이 일어나서 경멸 어린 눈초리를 받으면서도 비스킷을 '바사삭' 맛있게 먹는 일상은 매일 반복되었다.

잔잔한 일상이 이어지는 가운데 가장 기억에 남는 건, 아무래도 나와 17이 처음 눈을 마주쳤던 바로 그 순간.
낭만적이었다고 말할 수는 없지만 비스킷 덕분에 서로를 머릿속에 각인시켰으니 됐다.
어쨌든 비스킷은 우리를 이어준 사랑의 메신저인 셈이니.

몇 년 뒤 이 일이 떠올라 히죽거리며   에게 물었다. "나한테 첫눈에 반했지?"

그는 흰자위가 다 드러나게 흘겨보며 언짢은 표정으로 말했다.
"그때 자기랑 결혼할 줄 알았다면, 정크푸드를 먹지 못하게 어떻게든 말렸을 거야."

사랑은 묘하게도 가장 평범한 순간에 살그머니 다가오는 것 같다.
그때 바로 옆에 앉아 있던 볼품없는 그 사람이,
내 인생에서 가장 중요한 존재가 될 줄 어떻게 알았겠어.

Two.
Delicious still lifes

맛있는
정물

난 (인정하고 싶지 않지만) 버릇처럼 지각했고,
선생님은 내가 지각할 때마다 수업 후
정물화를 그릴 때 사용하는 물건을
정리하는 벌을 주었다.

• • • • • • • • • • • • • • • •

즉, 구내식당에 점심을 먹으러
일찍 갈 수 없다는 뜻이다.
정물 정리를 끝내고 식당에 가면
다른 학생들이 이미 맛있는 살코기 튀김과
삼겹살 찜을 모두 가져간 뒤.
나는 눈물을 머금고 남은 채소 요리만
우걱우걱 씹어야 했다.
이보다 더 슬픈 일은 없다.

매우 슬픔ing...

기분이
확 좋아졌어

튀김, 삼겹살…… 더 이상 참을 수가 없었다.
가능한 빨리 정물을 정리하고 식당으로 쏜살같이 달려가기로 마음먹었다.

마지막 하나를 정리하려고 손을 뻗는 순간, 냉랭한 목소리가 귓전을 울렸다.
"건드리지 마. 바나나는 내가 다 그리고 나서 치워."

돌아보니 평생 뚱한 표정으로 살아온 것 같은 얼굴의 17이 느긋하게 바나나를 그리고 있었다.
더 늦었다가는 채소 이파리 한 장도 입에 못 넣을까 봐 조마조마했다.
사람이 음식으로 자신을 학대하면 안 된다고!

어릴 때 엄마는 늘 말씀하셨다.
"여자도 과감하고 용감한 면이 있어야 해."

'좋아!' 나는 숨을 한 번 깊이 들이마시고 나서 다짜고짜 정물을 싹 치워버렸다.
그러고는 정물 테이블에 놓여 있던 바나나 세 개 중에서 하나를 떼어 17의 손에 쥐여주었다.
"난 두 개. 보너스야. 내가 너무 오래 기다렸거든."

나는 분노에 찬 그의 눈빛에도 아랑곳하지 않고 냅다 식당으로 내달렸다.

하트 ♥ 뿅뿅

화실 생활은 너무 따분했다. 그때는 스마트폰도 없었으니 당연히 SNS도 없었다.
게임을 하려면 PC방에 가야 했다.
그래서 우리는 주로 MP3나 라디오를 듣거나 수다를 떨며 시간을 보냈다.

③

Three.
We are abandoned

'버려진'
우리

화실로 모여든 십대 후반의 소년, 소녀들은 대부분 태어나서 처음으로
장기간 집을 떠나 생활하는 터라 자유롭기도 하지만 심심하기도 했다.
그래서 당연히 남녀 사이에 서로 눈이 맞는 일도 많았다.

하지만 연애의 주인공은 나와 *17*이 아니라,
아래 침대를 쓰는 내 룸메이트 샤오웨이(小微)와
*17*의 룸메이트 다산(大山)이었다.

그와 그녀는 산둥 사람이지만 출신 도시는 달랐다.
그래도 고향 사람이라 자연스럽게 가까워졌고,
서로 눈빛을 주고받은 지 얼마 지나지 않아 연인이 됐다.
나와 샤오웨이 둘만의 즐거웠던 화실 생활은
그녀의 연애 때문에 완전히 망했다.

샤오웨이와 다산은 종종 남몰래 산책을 하거나 영화를 보러
나갔고, 틈만 나면 찰떡처럼 붙어 있었다.

◆━◆━◆━◆━◆━◆━◆━◆━◆━◆━◆

두 사람의 연애 여파로 항상 혼자 화실과 식당을 드나드는
사람이 나 말고 또 있었다. 바로 17. 그도 나처럼 친구에게
'버림'을 받았다고 생각하니 고소했다.
물론 나와 17이 외톨이로 남지 않을 때도 가끔은 있었다. 주

로 쇼핑하러 갈 때(두 사람이 길을 몰라서)나 밥을 먹을 때
(하루 세 끼를 구내식당에서 먹으니 당연히 같이 있을 수
밖에).
그러나 대부분의 시간엔 나와 17 모두 매정하게 버려졌다.
두 사람은 밥을 반쯤 먹다가 일어나서 밖으로 나가버렸고,
영화도 시작한 지 절반쯤 지나면 어느새 자리를 뜨고 없었
다. 결국 마지막엔 항상 나와 17만 덩그러니 남았다.

17은 까칠하고, 걸핏하면 뚱한 표정을 짓고, 말수도 적어서 친해지기 어려운 타입 같았다. 한마디로 인상이 별로였다는 얘기. 17도 내 이미지를 좋게 보지는 않았다.

17은 내 앞에서 늘 말을 아꼈다. 가능한 한 말문을 닫았고, 말을 해도 한 마디로 충분할 때는 결코 두 마디 하는 법이 없었다. 말을 못 하면 온몸에서 쥐가 나는 수다쟁이인 나는, 답답해서 병이 날 지경이었다. 그렇지만 서로의 친구가 연인 사이고, 우린 같은 반이었으므로 항상 얼굴을 봐야만 했다.

뜻하지 않았지만 나와 17은 화실에서 가장 오래 머무는 사람들인 터라, 서로를 자세히 파악할 기회도 자연스레 많아졌다.

그는 나한테만 냉랭한 사람이 아니었다. 원래 아무에게나 쉽게 말을 붙이는 성격이 아닌 것 같았다. 덕분에 서운했던 감정이 조금은 풀렸다. 17도 내가 먹는 것만 밝히는 애가 아니고 단지 남들보다 배가 빨리 고플 뿐이라는 걸 알게 됐다. 어쩌면 내 몸이 계속 자라는 중이었을지도 모른다. 하하.

연필 깎기

학생들이 화실에서 농땡이를 부리는 가장 흔한 방법은 연필을 깎는 것이다. 수업 중에 선생님의 시선을 느끼며 그림을 그리다가, 지치거나 지겨울 때면 바로 연필을 들고 쓰레기통 앞으로 가서 시간을 때웠다. 모두 대놓고 딴짓을 할 용기는 없었으니까.

모두

돌아간 뒤

2.

피융~

사각사각~   사각사각~

피융~   피융~

피융~

갑자기   •   분위기 썰렁

피융~

피융~

피융~   피융~

뚝~

뚝~

열심!

열심!

어느 날, 쓰레기통 앞에 나와 **17**만 남았다. 그날 따라 연필심이 깎는 도중에 자꾸 부러졌다. 계속 부러져서 깎고 또 깎으니 새 연필이 눈 깜짝할 새 몽당연필이 되어 버렸다. 그래서 연필을 또 한 자루 가져와서 전투적으로 깎아 보려고 했더니 **17**이 더는 못 보겠는지 내 손에 있던 연필을 쓱 가져갔다.
"곰손인가 봐."

4

이 연필
참 심술궂네.
창피하게
왜 이래 …

쓱~
쓱~
쓱~
쓱~

그런데 **17**이 깎아도 마찬가지, 연필심은 계속 부러졌다. 나는 연필을 빠르게 쓱쓱 깎는 그의 손을 물끄러미 바라보며 생각했다. '이 연필 참 심술궂네. 창피하게 왜 이래……?'

정물화를 그릴 때면, 뒤에 앉은 학생은 앞에 앉은 학생의 붓에서
물감이 튀어 항상 옷에 물감이 묻곤 한다.

유감스럽게도 자리싸움에서 밀린 나는 늘 뒷자리를 차지했고,
번번이 재앙의 가장 심각한 피해자가 됐다.
처음엔 어떻게든 당하지 않으려고 물감이 튈 때마다
앞에 앉은 학생에게 조심하라고 부탁을 했다. 그러나 이내 포기.
나중에는 누가 튀기는 건지 몰라서
다들 멋대로 붓을 놀리게 그냥 내버려뒀다.

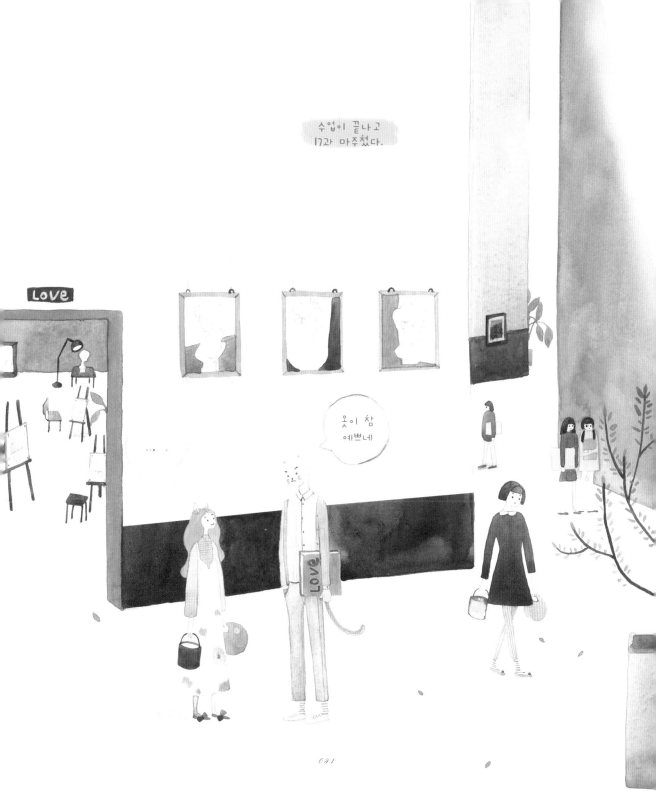

 다음 날, 화실에 들어가니 내 이젤이 맨 앞줄에 놓여 있었다.
모든 자리 중에서 가장 앞쪽에.

물감 박스 아래, 쪽지가 붙어 있었다. '편하게 앉아!'

편하게 앉아!

첫 경험이었다.
집을 떠나 이렇게 먼 곳에 와서
배려해주는 사람을 만나다니.
나도 모르게 마음이 따뜻해져서
그의 두 눈을 오래 쳐다보고 싶었다.

Love

그에게 좀 더 잘해주고 싶다는
마음도 생겼다.

17이 있는 쪽으로
돌아보니,
그가 흐뭇하게
미소를 지었다.

♥ 우 리 의 첫 투 샷

화실에 디자인 수업이 생겼다.
모두 마커를 한 세트씩 준비해야 했다.
당시엔 인터넷 쇼핑몰이 없던 때라,
물건을 사려면 직접 사러 나가는 수밖에 없었다.

▼ ▼

당연히 우리 넷은 함께 쇼핑을 하러 나갔다.
샤오웨이와 다산은 화실을 벗어나자마자 '쌍쌍바'처럼 한 몸인 듯 붙어 다녔다.

마커를 산 후, 샤오웨이와 다산이 근처를 한번 둘러보고 가자고 제안했다.
체력도 방전된 데다 날도 점점 어두워져서
"너희끼리 갔다 와. 나 혼자 먼저 버스 타고 갈게." 하며 거절했다.

* *

두 사람이 날 붙들지 않을 줄은 생각지도 못했다.
게다가 신바람이 나서 구입한 화구를 몽땅 내 품에 안기며
대신 가지고 가라고 할 줄이야…….

쌍쌍바 커플이 자리를 뜨자 17은 내 품에 안겨 있던 쇼핑백을 모두 가져가 들었다. 그러고 한 마디를 툭 던지고 앞장서서 걸어 갔다. "팔다리도 가늘고, 걸음도 느리고, 매일 그렇게 먹은 건 대체 다 어디로 간 거야……"

이미 그의 빈정거리는 말투에 익숙해진 터라, 반박하지 않고 못 들은 척 물었다. "왜 쟤네들이랑 같이 안 가? 내가 다 들고 갈 수 있어. 돌아가는 길도 안다고."

여전히 냉랭한 표정으로 17이 말했다. "길을 잃을 것 같진 않은데, 가다가 배가 고파서 남의 음식을 빼앗아 먹을까 봐 불안해서 그런다."

I love you

화실까지는 버스를 타고 아홉 정거장을 가야 하는 먼 거리였다.
버스 안에는 사람이 무척 많아서 나와 17은 내내 서서 갔다.
몇 정거장을 지나니 우리 옆 창가 자리에 앉았던 사람이 내렸다.
17은 나를 그 자리로 밀어 앉히고는 내 옆에 섰다.
각자 말없이 창밖만 내다봤다. 버스 유리창에는 그런 우리 두 사람의 모습이 또렷이 비쳤다.
17이 그렇게 가까이 서 있는 줄은 전혀 의식하지 못했다.
나는 조용히 유리창에 비친 우리 모습만 바라봤다. 괜히 기뻤다.
그때 17은 무얼 보고 있었을까…….

세월이 꽤 흘렀지만 그때 버스 창에 비친,
둘이 아주 가까이 있던 그 장면이 아직도 선연하게 떠오른다.
나는 그 장면을 나와 17의 첫 투 샷으로 여기고 있다.
한참 후에 찍은 결혼증 사진보다 그 투 샷이 내겐 훨씬 아름다운 장면이라고.

(역자 주_중국에는 부부가 함께 찍은 사진을 붙인 '결혼증'이라는 것이 있어요.)

A tour of roast whole lamb

양고기
바비큐 캠프

화실에서는 일 년에 한 번 야외로 스케치를 하러 나간다.
스케치 여행이라 불렸지만, 경치 좋은 곳에서 며칠 놀며
그동안의 긴장과 스트레스를 푸는, 그냥 야유회였다.
보통은 화실 학생 모두 참가하지만
간혹 화실에 남아서 그림을 그리겠다는 학생도 있고,
야외에서 고생하기 싫거나 혼자 놀러 가고 싶어서
참가하지 않는 학생도 있었다.

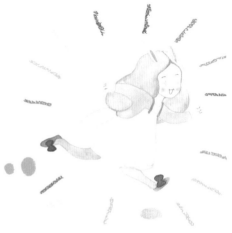

사실 나도 가고 싶지 않았다. 간만에 며칠 쉴 시간이 생겼는데,
차라리 늦잠이나 실컷 자고 싶었다. 하지만 게시판에 붙은 안내문의
'저녁 : 캠프파이어＋양고기 바비큐'라는 문구를 보자마자
고민할 필요가 없었다. 먹방 여행, 참가하기로 했다.
한껏 들뜬 나는 그때부터 스케치 여행을 '양고기 바비큐 캠프'라고 불렀다.

스케치 여행 장소는 베이징에 있는 관광지, 원시 마을로 결정됐다.
오래된 가옥이 그대로 보존되어 있고, 거주할 수 있는 집들은
모두 게스트하우스로 개조해, 흔히 말하는 '농촌 체험'을 할 수 있었다.

학생들은 여러 집으로 나뉘어 흩어졌고,
밤에는 몇몇이 널찍한 온돌 위에 누워 날이 새도록 수다를 떨었다.
꽤 신나고 유쾌한 경험이었다.
딱 한 가지 아쉬운 점이 있다면, 화장실이 밖에 있다는 것.

White Goose

하루가 지났다. 선생님은 각자 경치 좋은 곳을 찾아 풍경을 그려보라고 했다.
텔레비전도 없는 손바닥만 한 마을, 다른 놀거리가 있을 리도 없고
결국 이젤을 놓고 착실하게 그림을 그리는 수밖에 없었다.

· ·

냇가에 자리를 잡고 앉았다. 흰 거위 몇 마리가 유유자적 떠다니고 있었다.
살아 움직이는 큰 거위를 그렇게 가까이서 본 건 처음이었다.
눈처럼 새하얀 깃털이 햇빛에 반짝이는 물결 위에서 반질반질 빛났고, 눈부시게 아름다웠다.
홀린 듯 펜을 들고 거위들을 막 그리려고 하는데,
때마침 17이 근처 잡초 사이에 쪼그리고 앉으며 투덜거리는 소리가 어렴풋이 들렸다.
"뭐 이런 허접한 데가 다 있냐. 쟤는 대체 왜 여길 온 거야?"
'나???'

· ·

그림을 다 그리고 정리하다가 무심결에 17의 화판을 봤다.
헉, 그는 나를 그리고 있었다.
그제야 그가 잡초 사이에서 투덜거렸던 게
나 때문일지도 모른다는 생각이 들었다. 내심 기분이 좋았다.
나는 그 그림이 나를 몰래 짝사랑한 증거라고 믿고,
나중에 내내 그를 놀려먹었다.

지루한 시골 라이프가 막바지에 이르자,

마침내 기다리고 기다리던 양고기 바비큐 시간이 왔다. 짜잔!

나는 일찌감치 수저와 그릇을 챙겨 들고,

맨 앞줄에 쪼그리고 앉아서 먹을 순간만 기다렸다.

누군가 모닥불 위로 양 한 마리를 척 걸쳤다.

그 광경을 지켜보는데 갑자기 학생들이 앞에서 내 시선을 가로막았다.

약속이나 한 듯 모두 일어나서 모닥불을 에워싸고 달렸다.

다들 웃고 떠들며 신나 보였다.

모닥불 위에서 지금, 맛있는 고기가 익어가는 걸 전혀 모르는 사람들처럼.

내 머릿속에는 온통 양고기 바비큐 생각뿐이었다.

고기가 익었는지 궁금하고 안달이 나서 정말이지 미칠 뻔했다.

혼자 조바심을 내며 발을 동동 구르고 있는데,
불빛 속에서 누군가 불쑥 나타났다.
손에는 구운 양고기 다리를 든 채.
그 순간 그에게서 환한 빛이 나는 것 같았다.
나는 당장 그를 꽉 껴안고 이렇게 말해주고 싶었다.
"맙소사! 네가 너무너무 좋아!"

○ ○

하지만 나는 그가 내미는 양고기 다리를 그저 덤덤하게 받았을 뿐이다.
크게 한입 베어 물고는 "고마워" 하고 말하며 실없이 웃기만 했다.

TWO

자꾸만
그 사람이 좋아져

1

One
Signs of falling love

누군가를
좋아하면

1 그림 그리는 자세가
너무 멋있어.

2 그가 사용한
붓의 삐죽빼죽한 털도
귀여운걸.

누군가를 좋아하면,
그 사람이 뭘 해도 자체 발광,
반짝반짝 빛나 보인다.

3 꺅~ 연필을 깎는 모습도 멋있잖아.

4 밥을 먹는 모습도 너무 사랑스러워.

누군가를 좋아하면,
그 사람이
언제 어디서 무엇을 하고 있어도,
수많은 사람들 중에서
가장 먼저 눈에 들어온다.
* * * * * * * * * * * * * * *

* * * * * * * *

누군가를 좋아하면, 그 사람의 모든 말을 믿게 되고,
억지를 부려도 그럴 수 있다고 생각한다.

누군가를 좋아하면,
자꾸 그 사람과 오래~
같이 있고 싶어진다.

◦♡◦♥◦♡◦♥◦♡◦♥◦♡◦♥◦♡◦♥◦♡◦♥◦♡◦♥◦♡◦

함께 있으면 평범한 일상도
로맨틱하게 느껴지니까.

Love

네가 너무 좋아서, 뭘 해도 항상 네 생각부터 나.

내가 가장 좋아하는 간식도
너한테 먼저 주고 싶어.

열여덟 번째
생일

빰빠라밤!
단단, 생일 축하해!
일 년 동안 아무리 먹어도
살이 안 찌길 바라!
그림을 배우러 간 네가 너무 부러워!
내 학교생활은 처참하거든. ㅠㅠ
담임은 갈수록 변태 같고,
숙제는 또 얼마나 많은지…….
네가 돌아오기만을 기다릴게!
화이팅!

— 고향 절친 샤오쟈

사랑하는 내 친구,
생일 축하해.
세상 최고 먹보 단단,
네가 떠난 뒤로
아직까지 너처럼 먹성이 좋은 여자애는 못 봤어.
네가 없으니까 뭘 먹어도 맛있지가 않더라.
어서 빨리 돌아와.
뽀뽀 쪽!

— 샤오메이

이른 아침, 생각지도 못한 메시지 알림 소리에 잠을 깼다.

귀한 내 딸,
생일 축하한다.
생일날 엄마랑 떨어져 있는 게
처음이라 보고 싶구나.
국수 꼭 챙겨 먹어!

— 엄마

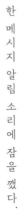
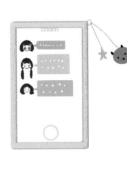

예전 같았으면 엄마가
생일상을 거하게 차려주셨을 텐데,
올해 생일은 나 혼자 지내려니
좀 쓸쓸하네.
아~ 집에 가고 싶다.

저녁에 양치를 하는데
17로부터 문자 메시지가 왔다.

나와. 공원이야.
참, 모기약
꼭 뿌리고 나와.
모기 무지 많다.
······

메시지를 보자 갑자기 정신이 번쩍 들면서
눈이 초롱초롱해졌다.
"이게 뭔 일이래?
내가 자기를 좋아하는 건 모를 텐데? 혹시······"
내가 좋아하는 사람이 부르는데
길게 고민할 필요는 없었다.
단숨에 그를 만나러 뛰어나갔다.

의 메시지를 받지 못했다면,
내 열여덟 번째 생일은 아마 태어나서 가장 별 볼 일 없는 날이자,
두 번 다시 생각하고 싶지 않은 날이 됐을지도 모른다.

그런데 그날이 이렇게 특별해질 줄 누가 알았겠어.
나의 열여덟 번째 생일은
인생에서 그 어떤 날보다 중요하고 잊을 수 없는 날이 됐다.

♥ L O V E Y O U ♥

'짝! 짝!' 17은 계속 모기를 잡고 있었다.
부리나케 뛰어간 나는 가쁘게 숨을 몰아쉬며 물었다.
"무슨 일이야? 이 밤중에"
그는 꼼꼼하게 잘 포장된 상자 하나를 두 손에 들고 내 앞으로 내밀었다.
"생일 축하해. 너무 늦었지.
주변에 예쁜 생일 케이크를 파는 데가 없어서 그냥 평범한 걸로 샀어"

나 : "고마워" 나도 모르게 눈물을 글썽였다.
17 : "야, 오버하지 마. 그냥 볼품없는 케이크일 뿐이야"
나 : "나한테는 그저 그런 케이크가 아니란 말이야!"
17 : "빨리 촛불 켜고 소원 빌자. 곧 12시야"

17이 켠 초가 환하게 빛을 밝히던 그 순간,
나는 가장 이루기 어렵지만 꼭 이루어지기를 바라는 소원 하나를 빌었다.
'17과 영원히 함께하게 해주세요.'

나는 숨을 힘껏 불어서 촛불을 껐다.
17은 케이크를 아주 작게 한 조각 잘라서 자기 몫으로 두고, 나머지는 모두 내게 주었다.
또 나의 먹보 본능이 발동했다.
"이렇게 자른 거 너무 마음에 든다. 하하하……"

모기를 잡느라 계속 '짝짝' 소리를 내는 17과 서로 놀리고 웃으며,
난생처음 가족과 떨어져 생일을 보냈다.
나의 열여덟 번째 생일을.

둘이 함께라면
다 좋아

어느새 대학 입학시험 전 마지막 준비단계에 들어갔다.
설이 지나자마자 각 대학별로 학과시험이 잇따라 진행되기 때문에,
화실은 커리큘럼을 조정해 일정을 더 빡빡하게 짰다.

08:00~11:00 데생
13:00~17:00 정물 수채화
18:00~21:00 크로키

◆ ◆

정규수업이 끝난 뒤에는 디자인 과제를 했다.
과제를 완성해 선생님께 제출해야만 숙소로 돌아갈 수 있었다.
모두 입시준비에 여념이 없었다.
평소처럼 얼렁뚱땅하는 사람은 거의 없었다.
I7도 입시준비로 무척 바빴다. 그런 상황이 내게는 오히려 좋았다.
그를 볼 수 있는 시간이 평소보다 훨씬 많아졌기 때문이다.
저녁에 각자의 숙소로 돌아가기 전까지, 나는 종일 그를 볼 수 있었다.

I7은 그림을 그리기 시작하면, 가장 열심히 하는 학생이었다.
그래서 매일 밤늦게까지 그림을 그렸고,
텅 빈 화실에 우리 둘만 남을 때가 잦았다.
입학시험을 앞둔 화실 생활은
단조롭다 못해 무미건조했고 몹시도 고됐다.
하지만 좋아하는 사람과 함께하니, 고된 일상마저 달콤하게 느껴졌다.

꿈을 향해 달려야 하는 힘든 시간에
I7과 함께할 수 있었던 건 정말 행운이다.
덕분에 평범했던 모든 순간이 특별한 추억으로 남았기 때문이다.

새해

나는 화실에서 설을 보내기로 마음먹었다. 17이 고향에 가지 않는다고 했기 때문이다. 그의 고향은 남방 지역이라 너무 멀었다. 겨우 며칠 휴가로 오가기에는 무척 힘든 길. 그에 비해 나는 고향이 베이징에서 가까운 편이다. 날마다 가족이 보고 싶다고 징징거리면서도 고향에 가지 않는다고 하니 그가 의아해했다.

"너 때문이야"라고 말하고 싶은 마음이 굴뚝같았지만, 배시시 웃으며 "사춘기 반항이지, 뭐" 하고 대꾸했다. 그는 "어이구!" 하며 어이없이 웃었다.

설날, 선생님은 고향에 가지 않은 학생들을 모두 불러 함께 만두를 빚었다. 학생들은 자기가 먹을 만두를 직접 만들었다. 어려서부터 예쁨만 받고 자란 나는 아무것도 할 줄 몰라서 한쪽에 선 채 멀뚱멀뚱 쳐다보기만 했다.

17이 나를 쳐다봤다.
"넌 여자애가 어떻게 이런 것도 못해? 이래서야 누가 너한테 장가가겠냐?"
"난 어릴 때부터 요리사랑 결혼하는 게 꿈이었어. 하하하…" 엉겁결에 아무 말이나 해버렸다.
17: "……"

Beautiful fireworks

만두 맛은 그저 그랬다. 저녁을 먹고 난 뒤에는 모두들 각자 일로 헤어졌다.
나와 17은 대문 앞에 앉아서 불꽃놀이를 구경했다.

나는 감회에 젖어 말했다.
"집에 있을 때는 설에 항상 폭죽을 터트렸는데."
그러고는 말없이 하늘을 바라봤다. 17이 갑자기 폭죽을 불쑥 내밀었다.
"여기. 이 폭죽이라도 터트려. 좀 작긴 하지만."
"......"

Beautiful fireworks

17은 항상 이런 식이다. 제한된 환경에서도 늘 내게 작은 감동과 놀라움, 기쁨을 주었다. 사람마다 좋아하는 감정을 표현하는 방식은 제각각. 그의 방식은 온 정성을 다하는 것이다. 그래서 소소한 선물에도 늘 말로 다 할 수 없는 그의 깊은 마음이 담겨 있었다.

17은 내가 요리사와 결혼할 거라고 아무렇게나 내뱉은 말을 마음에 담아두었는지, 틈만 나면 요리 연습을 했다. 비록 요리사는 못 되더라도, 일러스트레이터 중에서 가장 요리를 잘하는 사람이 되려고 노력했다. 내가 여태 요리를 못하는 건 다 이런 이유 때문이다.

예전에 엄마가 농담 삼아 한 말이 있다.
"아무것도 할 줄 모르는 너한테 어떤 남자가 결혼하자고 하겠니?"
나도 엄마 말처럼 될 줄 알았다. 그런데 평생 날 떠나지 않고 나만 사랑할 사람을 만났다. 부족한 나를 진심으로 사랑하는 사람이 생겼다. 이런 게 행운이지 뭐야.

설이 지나고 며칠 안 되어서 학생들이 모두 화실로 돌아왔다. 미대 입시가 시작되었기 때문이다.
평소 즐겁던 분위기는 진학 시즌에 접어들자, 긴장감과 압박감이 감도는 분위기로 바뀌었다. 나
는 그해 수험생은 아니었지만, 화실 커리큘럼이 곧 끝나기 때문에 집으로 돌아가야 했다. 화실에
는 날마다 많은 수험생이 수시로 드나들었다. 그중에는 17도 있었다.

17을 만날 기회가 점점 줄었다. 어쩌다 한 번 바쁜 걸음을 재촉하는 그의 뒷모습을 겨우 볼 수 있
을 뿐. '시험은 잘 보고 있는지 몰라, 긴장하지 않고 제 실력을 발휘해야 할 텐데…….'
그에게 메시지를 보내고 싶어 견딜 수가 없었지만 시험에 지장을 줄까 봐 망설였다.
'에이, 진짜 보낼까…….'

계속 갈팡질팡하며 딴생각에 빠져 있는데 17에게서 메시지가 왔다.
'밤에 수업 끝나고 화실에 물감 박스 정리하러 갈 건데 너도 올래?'
좋아하는 사람에게 메시지를 막 보내려고 할 때, 메시지를 받으면 그렇게 감격스러울 수가 없다.
흥분한 나머지 답장하는 걸 잊을까 봐 바로 메시지를 보냈다.
'갈게, 갈게.'

L♥VE

화실에 도착하니 모두들 집에 가고, 17 혼자서 물감 박스를 정리하고 있었다.
나는 조심스럽게 그의 옆으로 의자를 가져가서 앉았다. 말없이 조용히 기다렸다.

◦ ◦

17이 물감을 정리하면서 슬쩍 쳐다봤다. "왜 이렇게 말이 없어? 저녁밥을 덜 먹었어?"
17 때문에 한나절이나 몸부림쳤던 나는 그제야 겨우 한 마디 꺼냈다.
"저기, 배고파? 간식 많이 사왔는데." 헐, 이런 쓸데없는 말을 하다니……

17: "…… 배 안 고파. 너나 먹고 살쪄라."
나: "……" 긴장감이 감돌던 분위기가 약간 풀렸다.
나: "시험은 이제 몇 군데 남았어?"
17: "두 군데. 여러 학교에서 시험을 너무 많이 보면 좋은 운도 금방 소진되거든."

나는 그의 어깨를 두드리며 진지하게 말했다.
"내 남동생의 운을 빌려줄 테니까 써.
걔는 올해 네 살이라 아직 운을 써 먹을 데가 없거든."
그는 눈을 흘겼다.
"네 동생은 하필 너 같은 누나를 만나서 아무리 좋은 운이 있어도 소용없겠다."

잠시만
이별

화실을 떠나기 전날 밤, 짐을 다 정리하고 17과 야식을 먹으러
가기로 했다. 드디어 빡빡한 화실 생활에서 벗어날 수 있으니,
홀가분하고 기뻐야 하는데 왜 이렇게 슬프기만 한 건지.

✴ ✴ ✴ ✴ ✴ ✴ ✴ ✴ ✴ ✴ ✴ ✴ ✴ ✴ ✴

우리는 말없이 걸으며 포장마차에 도착했다.
17: "뭐 먹을래?"
나: "이상하네. 웬일인지 배가 하나도 안 고파. 입맛이 없긴 처
음이야."
17: "실토해. 방금 간식 잔뜩 먹고 나왔지? 하하!"
난 전혀 웃기지 않았다. 17도 큰소리로 웃었지만 내 눈엔 억지
로 웃는 것처럼 보였다.

숙소로 돌아가는 길, 우리는 아무 말도 하지 않았다. 밝은 달빛이 나뭇가지를 지나 땅바닥으로 흩어졌고, 나와 17은 그 부서진 달빛을 밟으며 나란히 걸었다. 무척 아름다운 순간이었지만 내 마음은 견딜 수 없이 우울했다.

17이 침묵을 깼다.
"꼭 베이징에 있는 대학에 합격해서, 내년에 네가 다시 그림을 배우러 올 때 마중 나갈게."
못나게도 코끝이 찡했지만 애써 참으며 고개를 끄덕였다. "응."

17은 달달한 말을 잘하는 사람도 아니고 약속을 쉽게 하는 사람도 아니다. 그렇지만 그와 함께 있으면 이상하게 항상 마음이 편안하고 든든했다. 그의 눈빛만 봐도 우리가 다시 만날 수 있을 거라고, 미래를 함께할 수 있을 거라고, 확신할 수 있었다.

다음 날, 17이 기차역까지 데려다주었다.
나는 울고 싶은 충동을 겨우 참았다.
눈가에 그렁그렁 맺힌 눈물을 가까스로 거두고,
내내 입을 꾹 다문 채 아무 말도 하지 않았다.
입을 열면 금방이라도 주체할 수 없이
눈물이 왈칵 쏟아질 것 같았다.

17은 커다란 간식 보따리를 안겨주며, 선뜻 말을 꺼내지 못하고 우물쭈물했다.
기차에 막 오르려고 하자, 마침내 17이 입을 열었다.

17: "짐 잃어버리지 않게 잘 챙겨."   나: "응."

17: "간식 너무 많이 먹지 말고. 몸에 안 좋으니까." 나: "응."

17: "집에 도착하면 메시지 보내."   나: "응."

17: "공부 열심히 하고, 아무 남자나 사귀지 말고." 나: "응. 뭐라고?"

17: "어서 타."

17은 눈부신 미소를 지으며 나를 기차 안으로 밀어 넣었다.

나는 열여덟 살에
'좋아한다'는 말의 의미를
어렴풋이 깨달았다.

▶ ▶ ▶ ▶ ▶ ▶ ▶ ▶ ▶ ▶

나를 위해
해결사를 자처하고,
내 고약한 성미를
변화시키고,
자상하고 섬세하게
나를 배려하는 사람.
떠올리면 마음이
따뜻해지고
잠시 헤어져도
다시 만날 수 있다는
확신이 드는 사람.
그 사람을 내가,
나도 모르게
좋아하고 있었다.

THREE

그 사람도
나를 좋아해

휴대폰
압수

학교로 돌아와서 보니, 그동안 경영사정이 좋아졌는지 교실 앞에 CCTV가 설치되어 있었다. 용도야 말하지 않아도 알다시피, 학생들의 움직임을 감시하기 위한 것이다. Oh my god! 게다가 학생들의 휴대폰 사용을 엄격하게 금지하는 규정도 생겼다. 휴대폰을 사용하면 즉시 압수해 방학 때 돌려준다고 했다.

유감스럽게도 나는 휴대폰을 몰래 사용하는 재주가 없었다. 등교한 지 며칠 만에 담임선생님한테 뺏기고 말았다. 사실 휴대폰을 압수당한 건 별일 아니지만, 17과 연락할 길이 막힌 건 정말 큰 문제였다. 나는 수업이 끝난 뒤 친구들에게 푸념을 늘어놓았다.

샤오메이가 작정하고 놀렸다.
"누구한테 전화하게? 혹시 17 오빠? 하하하……"
샤오쟈가 거들었다.
"사실대로 말해 봐. 그 오빠랑 사귀어?"
"뭔 소리야. 그럼 얼마나 좋겠냐!"
샤오쟈가 말했다.
"팁을 알려줄게. 학교 안에 공중전화 몇 대가 새로 생겼어. 쉬는 시간에만 사용할 수 있어 줄이 엄청 길거든. 그러니까 다른 애들이 밥 먹으러 간 사이에 가면 바로 전화를 사용할 수 있어."
"뭐? 지금 나더러 남자 때문에 밥을 포기하라는 거야? 도대체 누가 미친 건지 모르겠네."
나는 샤오쟈의 말을 무시했다.

오후에 수업이 끝나자 공중전화 부스 앞은 긴 줄이 이어졌다. 그런데 그 줄 맨 앞에 있는 사람은 바로 17과 통화하는 나였다.
"여보세요. 나 오늘 학교에서 휴대폰 압수당했어. 응, 그러게 말이야. 난 멍청이라니까……"

2

Two.
Love confession

♥ 사랑 고백 ♥

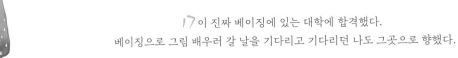

17이 진짜 베이징에 있는 대학에 합격했다.
베이징으로 그림 배우러 갈 날을 기다리고 기다리던 나도 그곳으로 향했다.

나는 베이징으로 갑자기 들이닥쳐 그에게 '서프라이즈'를 선사할 계획이었다.
그래서 언제 도착하는지 17에게 구체적인 날짜를 알려주지 않았다.

베이징 기차역은 그야말로 인산인해.
나는 큼지막한 여행가방을 끌며 사람들한테 떠밀려 나왔다.
지하철로 환승하려고 용을 쓰며 입구로 비집고 들어가는데,
갑자기 뒤쪽에서 팔이 불쑥 나와 내 목을 콱 조였다.
나는 놀라서 발버둥을 치며 고래고래 소리를 질렀다.
"이거 놔요! 난 소림사 무술을 배운 사람이라고요!"
"하하하……?"
등 뒤에 있던 사람이 껄껄 웃으며 팔을 풀었다.
"소림사? 먹보사 아니고?"

고개를 돌려보니 그는 이미 내 짐을 손에 들고 있었다.
"이렇게 큰 가방에 먹을 걸 얼마나 많이 쑤셔 넣었을까. 응?"

방금 전까지 화가 나서 씩씩대던 나는, 그를 보자마자 나를 놀리고 목을 졸랐던 게 그라
는 사실을 까맣게 잊고 흥분해서 목소리를 높였다.
"오늘 오는 거 어떻게 알았어? 완전 깜짝 놀랄 서프라이즈를 할 참이었단 말이야!"
그는 한 손으로 내 가방을 끌고, 다른 한 손으로는 나를 지하철 안으로 밀었다.
"저번에 너 집에 갈 때 내가 배웅하며 말했잖아.
마중 나오겠다고. 꼭 나올 거라고 했었잖아, 이 멍청아!"
"……"

저기,
솔직히 말해봐.
어떻게
알았어?

17.

내가
말해줄게,
내가...

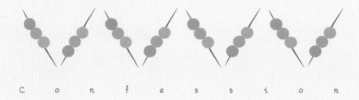

화실에 도착했다. 17이 내 짐을 숙소까지 안전하게 들어다주고 나니 어느덧 밖이 컴컴했다. 포장마차로 향했다. 나는 자리에 앉자마자 바로 주문했다.

"양꼬치 열 개, 소꼬치 열 개, 팽이버섯……"

단숨에 주문을 마치고 고개를 들어 17에게 물었다.

"일단 내가 먹고 싶은 것부터 시켰어. 뭐 먹을래?"

포장마차 주인은 의아한 눈빛으로 17을 쳐다봤다.

그가 차분하게 말했다.

"됐어요. 이거면 충분해요. 이따가 두 명 더 올 거예요."

나: "왜 두 명 더 온다고 했어? 우리 둘뿐이잖아."

17은 "둘이서 네 명이 먹고도 남을 만큼 시켰어. 이게 말이 되냐?" 하고 말하며 먼 곳을 슬쩍 한 번 쳐다봤다.

나: "……"

꼬치가 나왔다. 나는 아주 맛있게 먹기 시작했다.
17이 문득 내게 물었다.
"너는 말하기가 아주 곤란할 때 보통 어떻게 해?"

꼬치를 먹으면서 그를 쳐다봤다.
"말하기가 곤란하다고? 엄청?"
"응, 약간······?"

나는 진지하게 생각했다.
"다른 사람은 어떤지 잘 모르겠지만 나 같은 동북지역 사람들
은 꼬치구이 한 끼면 다 해결되지. 한 끼로 안 되면 두 끼."

Confession

17은 잠시 멍하니 있다가
이내 웃을 듯 말 듯한 표정으로 나를 바라보았다.
그리고 꼬치구이 한 무더기를 쥐고
내 앞에 내밀며 진지하게 말했다.
"내 여자친구가 돼줘"

내게
가장 중요한 사람

l7의 학교와 내 화실은 거리가 무척 멀었다. 화실은 일주일에 딱 하루, 그것도 화요일에만 쉰다(화실에서는 안전상의 이유로 사람이 붐비는 날에는 외출하지 못하게 해서 공휴일에는 쉴 수 없었다). l7이 화요일 오전에는 수업이 있어서 우리가 만나는 날은 손에 꼽을 정도. 그래서 매번 그가 화실 근처로 왔다가 막차를 타고 학교로 돌아갔다. 같이 있을 수 있는 시간이 한정된 탓에 우리는 늘 화실 주변에서만 시간을 보냈다.

그는 여유만 생기면 곧장 내게로 달려왔다. 게다가 한 번도 빈손으로 온 적이 없다. 항상 갖가지 먹을거리를 잔뜩 챙겨 와서 하나하나 설명해주는 것도 잊지 않았다.
"이 집 초밥이 정말 맛있거든."
"이 아이스크림은 우유 맛이 아주 진해서 네가 틀림없이 좋아할 거야."

우리는 주로 공원에 앉아서 음식을 먹으며 시시콜콜하게 일상을 이야기했다. 내가 음식을 맛있게 먹는 모습을 지켜보는 그의 표정은 내가 음식을 먹을 때만큼 만족스러워 보였다.

하루는 내가 그의 학교로 찾아갔다. 대학교 학생식당 밥은 어떤지 궁금해서 그에게 데려가 달라고 했다. 마침 식당에서 그의 동기들과 마주쳤는데 그들이 l7을 놀려댔다.
"보는 사람마다 맛집 소개해달라고 하는 맨날 너는 학교식당에서 먹잖아. 오늘은 여자친구도 왔는데 좋은 데 가서 맛있는 것 좀 먹어."
그제야 알았다. 나한테 맛있는 걸 사주려고 l7은 항상 저렴한 학생식당에서 밥을 먹으며 돈을 아꼈다는 것을. 아직 대학생이니 생활비도 빠듯했을 텐데.
그때 우리는 가진 게 '쥐뿔도 없는' 인생이었다. 직업도 없고, 집도 없고, 차도 없고, 미래도 없고……. 어른들이 중요하게 여기는 건 하나도 없었다. 하지만 우리에게는 인생에서 가장 중요한 사람, 서로가 있었다.

나의 미대입시가 임박했다. 보통 새벽 두세 시까지 그림을 그려야 해서 나는 늘 잠이 부족했다. 빡빡한 일상이 다람쥐 쳇바퀴 돌듯 반복되니 나중에는 정말 '멘붕' 상태에 빠졌다.

무심코 17에게 넋두리를 늘어놓았다. 그는 다른 말 대신 매일 밤 잠들기 전 자기한테 '굿 나잇' 메시지를 보내라고 했다. 그날부터 피곤에 지쳐 몸을 질질 끌며 숙소로 돌아와선, 대충 씻고 누워 그가 시키는 대로 착실하게 '굿 나잇' 메시지를 보냈다. 내가 메시지를 보내면 아무리 늦은 시간이라도 그는 내게 전화를 걸었다.

17은 하루를 어떻게 보냈는지 이야기해주었다. 자기가 보고 들은 것도 모두 말해주었다. 나는 두툼한 이불 속에 누워 그의 말 한 마디 한 마디에 귀를 기울였다. 하나같이 잡다한 일상 이야기였지만, 그 말들이 내 귓가에 와 닿을 때의 느낌은 무척 따뜻했다.

우리는 같은 도시에 살지만 각자 다른 곳에서 하루를 보냈다. 그러나 매일 밤 통화하며, 매일 그와 함께하고 있음을 느꼈다.

밤마다 그의 음성을 들으며 깊은 잠에 빠졌고, 종일 나를 짓누르던 긴장감과 불안감은 그의 나지막한 목소리에 눈 녹듯이 사라졌다.

나는 매번 우리가 통화를 어떻게 끝내는지 너무 궁금했다. 그래서 어느 날 밤 졸음을 억지로 참으며 17이 하는 말에 대답하지 않고 가만히 기다려 보았다. 한참이 지나자 눈꺼풀이 스르르 내려오기 시작했다. 그때 마침 그가 속삭이는 소리가 들렸다.
"잘 자, 바보야."
지금까지 내가 들은 '굿 나잇' 인사 중에서 가장 다정한 인사였다.

FOUR

너무 멀리
떨어진 건 아닐까

대학에 가면 17과 자유롭고 쿨한 연애를 마음껏 할 수 있을 줄 알았다. 그러나 한껏 부풀었던 내 꿈은 가혹한 현실의 벽에 부딪쳤다.

부모님은 집에서 멀리 떨어진 도시로 진학하면 서운하니, 가까운 지역에 있는 학교를 선택하라고 했다. 그래야 부모님이 나를 자주 보러 올 수 있다는 말이었다. 나는 싫다고 몇 번이나 거절했다. 그러나 아빠는 내 뜻을 무시하고 독단적으로 결정해서 몰래 집에서 가까운 미술대학에 원서를 냈다. 그러고는 미안했는지 사실대로 고백하며 용돈을 엄청나게 많이 주셨다. 하지만 나는 맛있는 걸 실컷 사 먹을 수 있는 두둑한 용돈보다 17과 함께하는 시간이 더 간절했다.

17은 아빠의 결정을 지지하며 아무래도 집에서 멀지 않은 곳이 좋겠다고 했지만, 난 자책에 빠졌다. 조금만 더 철저하게 준비했더라면 아빠가 독단적으로 행동하지 못했을 거고, 17과 같은 도시에서 학교를 다닐 수 있었을 텐데. 아쉬움이 너무 컸다.

아니나 다를까, 이 일로 우리의 연애는 직격탄을 맞았다. 일주일에 한 번 간신히 만나던 데이트가 대입 후에는 한 달에 한 번도 어려워진 것이다. 나는 한동안 거의 자포자기 상태로 지냈다. 매일 룸메이트와 훠궈를 먹으러 다녔고 폭음과 폭식을 일삼으며 무덤덤해지려고 애썼다.

남부 출신인 17과 북부 출신인 내가 간신히 만나 연인 사이로 발전했지만, 우리는 대학 때문에 서로 뚝 떨어져 지내야 했다. 다 같이 친한 친구도 없고 자주 볼 수도 없으니 우리의 미래는 점점 막막해졌다. 각자의 인생에서 서로가 특별히 필요한 순간, 우리는 함께할 수 없었다.

이런 '공백'은 나와 17 사이에 문제를 일으킬 만했다.
결국 우리는 크게 말다툼을 했다. 너무 상심한 나머지 그에게 "우리 그만하자" 말하고는 전화를 뚝 끊어버렸다. 그 후로 나는 자책감에 사로잡혀 도무지 헤어날 수 없었다. 그에게 하고 싶은 말이 무척 많았지만, 입이 떨어지지 않아서 그를 피하려고만 했다.

Together   Forever

며칠 뒤, ⬜이 보낸 택배가 도착했다. 상자 안에는 예전에 스케치 여행을 갔을 때 그가 그린 풍경화가 들어 있었고, 그림 속에는 밝은 얼굴로 흰 거위와 함께 노는 내가 있었다. 뒷면에는 메시지가 적혀 있었다.

'너와 함께하기로 마음먹은 순간부터 너와 헤어질 생각은 한 번도 하지 않았어.'

■■ ■■ ■■■■■ ■■ ■ ■■ ■■ ■■ ■■ ■ ■■ ■ ■■ ■ ■■ ■ ■■ ■■

한 획 한 획, 또박또박 적은 글씨에서 그의 진심과 확신이 느껴졌다. 기약할 수 없었던 우리의 미래도 다시 보이는 듯했다. 운명의 장난이란 말은 사랑이 깊지 않은 연인들이 서로에게 둘러대는 핑계일 뿐임을 그때 확실히 깨달았다.

장거리
연애

장거리 연애를 하려면 두 사람의 의지도 강해야 하지만, 그보다 필요한 건 돈이다. 그때 나와 17은 평범한 대학생이었으니 당연히 돈이 없었다.

위챗이 없었던 시절 연락할 방법이라고는 문자 메시지와 전화뿐. 우리는 상대방이 자신을 필요로 하는 순간에 누구보다 먼저 힘이 되어주기 위해 항상 통화를 오래했다. 서로의 곁을 지켜줄 수 없는 우리에게는 긴 통화가 가장 사치스러운 애정 표현이었다. 그럼에도 가난한 학생 입장에서 장거리 연애를 오래 지속하기란 정말로 쉬운 일이 아니었다.

✦　·　✦　·　✦　·　✦　·　✦　·　✦　·　✦　·　✦　·　✦　·　✦　·

내가 17에게 전화를 걸면 그는 꼭 자기가 다시 전화할 테니 일단 끊으라고 했다. 나는 천성이 털털하고 워낙 세심하지 못한 성격이라 그 이유를 한참 뒤에야 알았다.

처음에는 그가 왜 그러는지 전혀 몰랐다. 어느 날 친구가 자기도 집에 전화하면 엄마가 항상 17처럼 전화를 다시 건다고 했다. 딸이 전화요금을 아낄 수 있도록 마음을 쓴 엄마의 배려였다. 그제야 비로소　　의 속마음을 알아차렸다.

17도 주머니 사정이 넉넉하진 않았다. 성적이 좋아서 지도교수님의 소개로 게임회사에서 인턴으로 일하고 있었지만, 대학생 인턴의 일이란 고생스러운 반면 급여는 적었다. 콧잔등이 시큰거렸다.　　이 우리 사랑을 위해 노력하는 걸 보고 나도 가만히 있을 수는 없어서 아르바이트를 구했다. 학교 근처에 있는 화실에서 보조 강사로 그림을 가르치는 일이었다. 화실 수업은 매일 밤 아홉 시가 넘어야 끝이 났다. 정리를 마치고 기숙사로 돌아오면 일찍 와도 열 시였다.

　　은 이 사실을 알고 무척 화를 냈다. 다 큰 여자애가 매일 한밤중에 혼자 귀가하는 건 너무 위험하다며 꾸짖는 바람에 그를 설득하지 못하고 아르바이트를 그만뒀다. 그래도 17 혼자 고생하는 건 영 마음이 불편했다.

우연히 편안하고 안전하게 돈을 벌 수 있는 방법이 생각났다. 가끔 집에 갔다가 다시 학교로 돌아올 때면 엄마는 항상 내가 안쓰러워 오백 위안을 주머니에 찔러주곤 했다. 맛있는 음식을 든든히 사 먹고 몸보신하는 데 쓰라고 했다(이렇게 튼튼한데 무슨 몸보신을 더 하란 말인지. 설마 키가 더 자라길 바라셨던 건 아니겠지?).

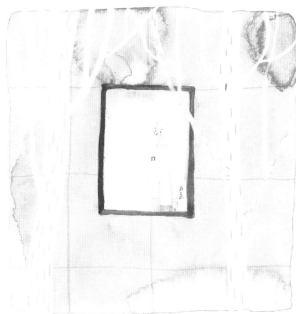

매주 한 번씩 집에 다녀오면 평균 생활비를 제외하고 오백 위안이라는 돈이 더 생겼다. 나는 그 돈을 챙기려고 주말만 되면 무슨 일이 있어도 두 시간 반 기차를 타고 집에 가서 이틀을 보냈다. 그 돈으로 17을 만나러 자주 갈 수 있었고, 그가 번번이 힘들게 나를 보러 오지 않아도 되었다. 사랑의 힘은 정말로 위대하다.

◆ ◆ ◆ ◆ ◆ ◆ ◆ ◆ ◆ ◆ ◆

물론 돈을 받는 게 매번 순탄한 건 아니다. 집을 나서야 할 때가 되었는데 엄마가 용돈 주는 걸 새까맣게 잊고 마작에 열중하는 날도 있었다. 그런 날엔 집에 있는 먹거리를 몽땅 싸들고 학교로 와서 일주일치 식사를 대신했다. 그리고 식비를 모아서   을 만나러 갔다.
생각해보면 그때 나는 정말로 머리가 좋았던 것 같다.

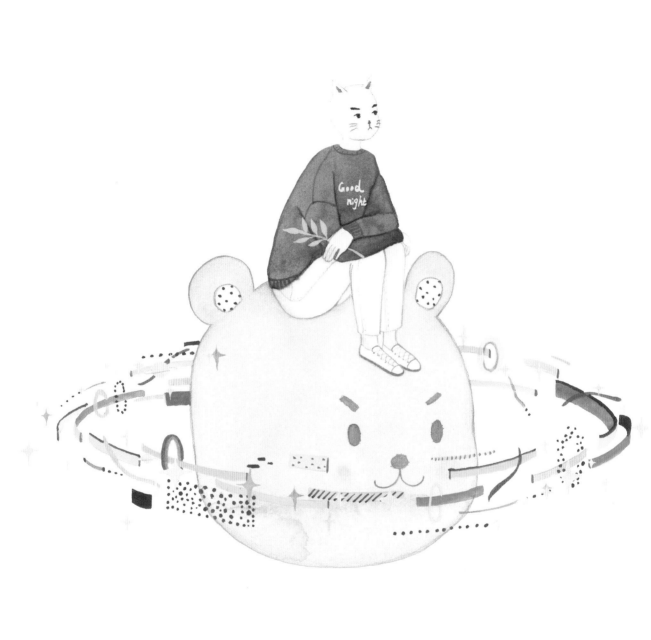

첫째, 애인의 말을 거슬러도 된다.

① 대학 시절 한동안 소설에 푹 빠져서 가끔은 밤이 새도록 책을 읽곤 했다.
17은 그 일을 알고 나서 밤새 책을 읽지 말고,
늦어도 새벽 한 시 전에는 꼭 자라고 명령했다.

장거리
연애의 장점

뭐해?

자려고.
잘 자.

PM 11 : 20 . . . . AM 1 : 30

122

② 17은 밤에 훠궈를 먹으러 나가지 못하게 했다.

뭐해?

사실은 친구랑 훠궈를 먹으러 나가려던
참이었는데…

이제 잘 거야.
피곤해 죽겠어.

전화를 끊고
"됐어. 이제 먹으러 가자" 하며
곧장 나갔다.

둘째, 애인 몰래 아플 수 있다.

셋째, 고생을 애인에게 숨길 수 있다.

17은 항상 밤늦도록 시안 수정작업을 해야 했다.
나에게는 늘 사장이 잘해주고 일도 수월하니
걱정할 필요 없다고 했었다.
내가 일러스트 작업을 시작하기 전까지는
그의 말을 곧이곧대로 믿었다.
나중에 알고 보니 그가 대수롭지 않게 했던 말은
모두 단지 나를 안심시키기 위해 했던 것.

Struggle

기차를 타고 I7을 만나러 갈 때마다

사랑의 증거,
차표

가장 예쁜 옷을 골라 입었다.

기차에서 내리기 전에는 몇 번이고
거울에 얼굴을 비춰보며 예쁜지 확인했다.

누렇게 색이 바랜 차표들은
우리 사랑의 증거다.

결혼 후 어느 날 새벽,
나는 잠이 덜 깨어
게슴츠레하게 눈을 뜨고
후줄근한 몰골로
17의 몸에 기댄 채 누워 있었다.

나: "아침에 뭐 먹을래?"
17: "너 결혼 전에
내가 알던 단단 맞아?"

네 꿈이
자랑스러워

나와 17은 아주 어렸을 때부터 그림을 배우기 시작했다. 내가 그보다 조금 더 일찍 그림을 시작했다. 그러나 대학에서 산업디자인을 전공한 나는 그림을 그릴 기회가 없었고, 17도 그래픽디자인 전공이라 그림을 계속 그릴 수 있는 상황이 아니었다.

대학에 갓 입학했을 때, 17은 그래픽 태블릿을 구입해 취미 삼아 매일 꾸준히 그림을 그렸다. 그의 일러스트와 그림이 잡지에 연달아 실리기도 했다. 하지만 일정한 수입이 들어오는 일은 아니었다. 대학교 3학년 때 추천을 받아 게임회사에서 인턴으로 근무하면서부터는 업무시간이 빡빡해 자연스럽게 그림에서 손을 놓았다.

◆ ◆ ◆ ◆ ◆ ◆ ◆ ◆ ◆ ◆ ◆ ◆ ◆ ◆ ◆ ◆

그에게 전화가 와서 여느 때처럼 수다를 떨고 있었다. 갑자기 그의 말이 뚝 멈췄다. 지하철을 타고 가는 중이라 잠시 신호가 끊긴 줄 알고 기다렸다. 다시 들린 그의 목소리, 말투가 무척 차분하고 단호했다.

"나 회사 그만두고 싶어."

가슴이 덜컥 내려앉았다. 회사를 그만두려는 사실 때문이 아니라, 회사에서 안 좋은 일이 생겼을지도 모른다는 걱정을 했기 때문이다. 바로 대답했다.

"그렇게 해. 그까짓 일 하기 싫으면 억지로 하지 마."

그는 마치 내 반응을 예상했다는 듯 말했다.

"역시 너다운 결정이다……. 난 프리랜서 일러스트레이터가 되고 싶어. 지금 하는 일도 딱히 나쁘진 않지만 그림을 그릴 시간이 전혀 없거든. 반대로 프리랜서는 고정 수입이 없고, 노력해도 성공하지 못할 수도 있고, 미래가 보장되는 직업도 아니고……?"

나: "그림을 그리는 게 좋아?"
17: "그럼!"
나: "오케이! 내가 이백 퍼센트 응원할게!"
17: "방금 내가 말한 상황들이 걱정되지 않아?"
나: "걱정되지!"
17: "그런데도 응원해?"

나는 아주 보기 드물게 진지한 말투로 대답했다.
"자기가 좋아하는 일을 못 하게 될까 봐 걱정된다고. 바보야!"
그는 약간 마음이 놓인 것 같았다.
"야! 누구더러 바보래? 까불고 있어!"
우리는 각자 전화기에 대고 깔깔거리며 웃었다.

내가 사랑하는 그에게 작은 꿈이 있고,
꿈을 실현할 굳은 의지가 있고,
꿈을 위해 취사선택할 줄 아는 안목이 있다면,

· ◆ · ◆ · ◆ · ◆ · ◆

그가 세상의 수많은 보통 사람 중 한 명일지라도,
나는 그가 자랑스러워.

그가
내게로 왔다

17이 선양으로 이사 온 이유를 말하려니, 너무 사소한 일이라서 웃음이 난다.
그가 원고작업을 하느라 무척 바빠서 거의 두 달이나 만나지 못한 때가 있었다.
그 즈음 있었던 일이다.

어느 날 밤 열 시경, 평소처럼 친구와 밖에서 훠궈를 먹고 있었다.
별안간 17에게서 전화가 걸려왔다.
나는 곧 잘 거라고 천연덕스럽게 거짓말했지만, 그는 이미 우리 학교 입구에 와 있었다.
나를 깜짝 놀라게 하려고 온 모양이었다.
하지만 나에게 그건 '서프라이즈'가 아니라 기겁할 일이었다.

He came to my city

늦은 밤에는 야식을 많이 먹지 않기로 17과 약속했었다.
난 위가 썩 좋지 않아서 자극적인 음식을 자제해야 했기 때문이다.
그동안 감쪽같이 속여서 한 번도 들키지 않았는데
그날은 전화 한 통에 바로 딱 걸리고 말았다.
나는 애써 아무렇지 않은 척 태연하게 말했다.
"밖에서 뭐 좀 먹고 있어. 여기로 올래?"
그는 잠시 말이 없다가 "알았어" 하고 대답했다.

He came to my city

그 일이 있은 후 내가 밤중에 나가서 먹고 마시지 않겠다고 아무리 다짐해도, 그는 절대 믿지 않았다.
그래서 그는 그런 나를 막으려고 내가 사는 도시로 이사 오기로 결정했다.

He came to my city

좀 뜨끔해서 소심하게 물었다.
"일을 너무 크게 벌리는 거 아니야?"
"너랑 관계된 일은 아무리 하찮아 보여도 나한테는 아주 큰일이야"

FIVE

다시 함께,
그리고 집

새 집으로
이사 가던 날

종일 부동산 중개인을 졸졸 따라다니며, 학교 주변에 있는 집은 거의 다 둘러봤다.

그중에서 17이 마지막으로 결정한 집은 학교 바로 맞은편에 위치한 주상복합 아파트. 학교 주변 아파트 중에서 가장 비싼 곳이었다. 임대료가 다른 집보다 세 배 이상 비쌌으니 우리 같은 학생에게는 상당히 큰돈이었다.

17은 깊게 고민하지 않고 곧바로 일 년짜리 계약서에 서명했다. 계약을 마치고 나온 뒤에야 내가 걱정하는 걸 알아차렸는지 별일 아닌 것처럼 말했다.
"인턴 해서 번 돈이랑 원고료를 모아둔 게 좀 있어. 당분간은 돈 걱정 안 해도 돼."

나: "저번에 본 집도 괜찮았잖아. 내 친구들도 전부 그런 집에 사는데 뭣 하러 이렇게 비싼 집을 골라."

17: "너희 학교에서 가장 가깝잖아. 아파트만 나가면 바로 학교니까 등교하기도 편하고. 관리실도 있고, 관리가 잘 되는 곳이라서 마음에 들어. 너 혼자 집에 있을 때도 안전하고. 나 혼자 살면 어디든 상관없지만 이제 너랑 같이 사니까 환경이 좋아야지. 아파트가 좀 작은 게 문제지만 그건 네가 감수해."

🏠🏠🏠🏠🏠🏠🏠🏠🏠🏠🏠🏠🏠🏠🏠🏠🏠🏠🏠🏠🏠🏠🏠🏠🏠🏠

일리가 있는 말이었다. 그의 말을 들으며 지금 내 앞에 있는 이 사람이 진심으로 나를 자기 인생의 동반자로 여기고 있다고 확신했다. 그의 고민들은 모두 나와 관련이 있는 문제였다. 그런데도 행여 내가 서운함을 느낄까 봐 늘 염려했다. 서운할 리가 있나. 그는 내가 바라는 것이 많지 않다는 걸 몰랐나 보다. 17만 내 곁에 있으면, 난 그걸로 충분했다.

남학생은 짐이 많지 않으니 이사하기가 수월할 줄 알았다. 그러나 다른 도시로 이사하는 건 생각처럼 쉬운 일이 아니었다.

17의 짐은 예상대로 적었다. 미리 보낼 수 있는 것들은 소포로 부쳤고, 그 외의 짐은 여행가방에 넣어서 직접 들고 왔다.
그를 마중하러 기차역에 도착했을 때, 그는 역을 빼곡하게 채운 사람들 속에서 땀을 뻘뻘 흘리며 가방을 끌고 나오고 있었다. 약간 야윈 것 같았고 피부도 전보다 가무잡잡했다. 마음이 짠했다. 나는 눈물을 꾹꾹 참으며 고개를 숙이고 그의 짐을 들었다. 그는 내 마음을 알아차렸는지 대수롭지 않게 말했다.
"바보야, 이사는 원래 다 이렇게 하는 거야. 기차에서 잠깐 잤더니 하나도 안 피곤해."
내 눈가는 나도 모르게 점점 발개졌다.

그런 내 모습을 보며 그가 말했다.
"아, 맞다. 이사하고 나서 우리 뭐 먹을까? 배고파 죽겠네."
일부러 화제를 돌린 걸 알기에 나도 맞장구쳤다.
"뭐 먹고 싶어? 학교 근처에 탕수갈비집이랑 대하 간장조림집도 있고, 꼬치구이도 종류별로 다 있어."
"……"

석양이 도시 곳곳을 비추는 저녁 무렵, 나와 17의 그림자가 북적거리는 인파 속으로 서서히 사라졌다. 내 옆에 17이 있어서, 사랑하는 그가 있어서, 이 콘크리트 도시도 무척 사랑스럽고 따뜻하게 느껴졌다.

여러 해가 지난 뒤 나는 17에게 물었다. 대체 무슨 자신감으로 친구도 없고 일가친척도 없고 아는 사람이라고는 달랑 나뿐인 머나먼 도시로 이사할 마음을 먹었느냐고. 그는 덤덤하게 딱 한마디만 했다.
"내가 사랑하는 사람이 있는 곳이 바로 내 집이니까."

사람들은 왜 늘 짝을 찾으려고 할까.

▲▲▲▲▲▲▲▲▲▲▲▲▲▲▲▲▲▲▲▲▲▲▲▲▲▲▲▲

인생에서 셀 수 없이 많은 중요한 순간을,
함께 목격하고 경험하고 공유할 사람이 필요하기 때문일까.
짧고도 긴 인생, 동반자가 있어야 쓸쓸하지 않고 늙어서도 외롭지 않기 때문일까.

우리
집

우리 학교 기숙사는 매일 밤 지문인식으로 취침점호를 한다. 나는 계속 기숙사에서 지내야 했지만 점심과 저녁식사 시간에는 17에게로 가서 함께 먹었다.

17이 그렇게 요리를 잘하는지 정말 몰랐다. 남학생이니까 음식처럼 생긴 건 뭐든 당연히 못 만들 거라고 생각했다. 나 역시 어려서부터 손가락 하나 까딱하지 않고, 해주는 음식만 먹던 먹보였으니 요리는 더 기대할 게 없었다.

o   u   r   h   o   m   e

임대한 작은 아파트에는 커튼, 침대 시트, 취사도구 등 생필품 외에는 필요한 물건이 그다지 많지 않았다.
그래도 함께 집안을 대충 꾸미고 나니 제법 '집' 같은 분위기가 났다.

그가 요리를 하리라고는 상상도 못 했는데, 음식의 색뿐 아니라 맛과 향 모두 완벽했다. 신기해서 물었다.
"요리는 대체 언제 배웠어? 완전 끝내줘!"

그는 밥을 먹으면서 태연하게 대답했다.
"원래 조금은 할 줄 알았는데 언젠가 어떤 여자애가 자기는 요리사랑 결혼하는 게 소원이라고 하더라고. 곰곰이 생각해보니 요리사가 될 가망은 없고, 요리를 열심히 해뒀지. 일러스트레이터 중에서는 내가 가장 요리를 잘할 걸. 어때, 마음에 들어?"

나는 긴말하지 않고 곧장 그에게로 달려들어 꽉 끌어안았다.

학기말 과제 제출시기가 다가오면서, 나는 매일 톱밥을 뒤집어쓴 먼지투성이가 되어 **17**에게 갔다.

◇∘◇∘◇∘◇∘◇∘◇∘◇∘◇∘◇∘◇∘◇∘◇∘◇∘◇∘◇∘◇∘◇∘◇∘◇∘◇

산업디자인과는 원래 이렇게 날마다 먼지를 풀풀 날리는 일을 하냐며 **17**이 어리둥절해했다. 하루는 내가 학교 작업실에서 과제를 하고 있을 때, 어떻게 된 영문인지 구경하러 오기도 했다.

17은 난장판 같은 작업실에서 간신히 나를 찾아냈다. 나는 한손에 큼지막한 전기톱을 들고 커다란 물안경을 쓴 채 목재를 자르고 있었다. 내 주위에는 톱질하는 남자도 있고 망치질하는 남자도 있었다. 작업실 안은 어수선한 데다가 소음이 심해서 소리를 크게 질러야만 겨우 상대방과 소통할 수 있었다. 나와 17도 서로 목소리를 크게 높여 말했다.

╅╊ ╅╊

작업실로 들어오는 그를 발견하고 감동하며 외쳤다.

"어떻게 왔어?" 그가 덩달아 외쳤다.

"네가 왜 종일 그렇게 초췌한 꼴로 다니는지 궁금해서 직접 보러왔어."

나는 손에 들고 있던 전기톱을 쳐들며 큰소리로 웃었다.

"이거? 과제잖아. 모형 만드는 중이야" 그가 또 외쳤다.

"모형인 건 알겠는데, 문제는 여학생에게 너무 버거운 일이라는 거지. 주위를 봐. 전부 남학생인데 너 혼자만 그 가녀린 팔다리로 톱질하고 있잖아?"

나는 아무렇지도 않게 목청을 높였다.

"이 남자들? 동기들도 있고 동기의 남자친구들도 있어. 힘든 작업이라 도와주러 왔대."

3

Three.
It's great to have a boyfriend

남자친구가
있어서
참 좋아!

It's great to have a boyfriend

17은 눈을 슬쩍 흘기고는 내 손에 쥔 전기톱을 빼앗으며 소리쳤다.
"이 멍청아! 다른 사람들은 전부 도움을 받는데 넌 뭐냐? 남자친구가 없냐?"
"괜찮아. 내가 직접 하는 게 편해."

내 말에도 아랑곳하지 않고 그는 전기톱을 들었다.
"이놈의 톱은 어떻게 쓰는 거야?" 하고 혼잣말을 하더니 이내 톱질을 시작했다.

한쪽으로 밀려난 나는 속으로 생각했다.
'히히, 남자친구가 있어서 참 좋아!'

기숙사
이사하던 날

기숙사에서 모두 위층으로 방을 옮기라는 공지가 내려왔다. 17은 원고를 빨리 마감하고 이사를 도와주겠다고 했다. 점심을 먹을 때 계속 음식을 그에게 집어주며 알랑거렸다.

"이거 맛있어. 많이 먹어."

그는 내가 이사를 도와주겠다는 말에 감동해서 알랑거린다고 여겼다.

"당연히 도와줄 텐데 왜 이렇게 정성이야?"

나는 말없이 호호 웃으며 계속 그에게 음식을 집어주었다.

사실 하고 싶었던 말은 따로 있었다.

'시간 있을 때 많이 먹어둬. 오후에는 아마 먹을 시간이 없을지도 몰라……'

"됐어. 이제 그만 줘. 내가 너냐? 이렇게 많이 먹게."

♥ ♥ ♥ ♥ ♥ ♥ ♥ ♥ ♥ ♥ ♥ ♥ ♥

오후에 17이 내 방으로 왔다. 자그마한 산처럼 수북이 쌓인 박스들을 보며 물었다.

"어떤 게 네 집이야?" 나는 시선을 발끝으로 옮기며 기어들어가는 목소리로 대답했다.

"전부 다. 다른 친구들은 짐이 적어서 이미 다 옮겼어."

17은 내 얼굴을 한 번 보고 박스들을 한 번 본 뒤 한참이나 가만히 서 있었다. 호흡을 크게 한 번 내쉬고 짐을 옮기기 시작했다. 이사는 예상보다 훨씬 힘들었다. 정오 무렵 시작해서 밤 아홉 시가 넘어서야 겨우 끝났다. 옷이 흠뻑 젖도록 지친 그의 모습을 보니 미안한 마음만 들었다. 이럴 줄 알았으면 물건을 많이 사지 말걸. 정말이지 너무 후회됐다.

어떻게 사과할지 고민하고 있는데 그가 불쑥 말을 꺼냈다.

"내가 와서 도왔으니 망정이지. 너 혼자 옮겼으면 어쩔 뻔했어."

그는 그렇게 늘 내 생각만 했다.

이럴 때 난 어떻게 해야 할까? 그래, 기습 뽀뽀!

이런 게
사랑인가 봐

17은 프리랜서가 된 후 일을 더욱 열심히 했다. 원고를 청탁받는 건수도 점점 많아졌다. 우리는 매일 함께 지냈지만 외출하는 경우는 드물었다. 그는 대부분의 시간 집에서 원고작업을 했고, 나는 딱히 하고 싶은 일이 없어서 온종일 빈둥거렸다. 심심할 때면 작업하는 그의 옆에 앉아 그림을 구경하며 수다를 떨었고, 아이패드로 드라마를 보기도 했다. 그는 세밀한 작업을 할 때 항상 옆에 아이패드를 두고 영상을 켜 놓았다. 그렇게 하면 장시간 밑그림을 그릴 때 스트레스를 덜 받는다고 한다.

♥ LOVE ♥ LOVE ♥ LOVE ♥ LOVE ♥ LOVE ♥ LOVE ♥ LOVE ♥ LOVE ♥ LOVE ♥ LOVE ♥ LOVE ♥ LOVE ♥ LOVE ♥ LOVE

수업을 마치고 평소처럼 17에게 갔다. 그의 작업대에 컴퓨터 한 대가 더 놓여 있고 옆에 의자도 하나 더 있었다. 영문을 몰라서 물었다.
"와, 컴퓨터 샀네. 굉장히 비싸겠다. 누가 또 와?"
"오긴 누가 와. 네 자리야. 맨날 내 어깨너머로 작은 화면을 쳐다보는 게 안쓰럽기도 하고, 눈에도 안 좋아서 샀어."
나는 생각했다.
'왜 안쓰럽지? 나는 전혀 문제없는데. 이깟 이유로 컴퓨터를 사는 건 너무 과하지 않아? 드라마를 보는 게 상 받을 일인 거야?'
"자, 이렇게 큰 모니터로 드라마 보니까 어때?"

그날 이후 그가 그림을 그릴 때 나는 떳떳하게 옆에 앉아서 드라마를 봤다. 고맙다는 말을 따로 하진 않았지만 무척 감동해서 내내 얼떨떨한 기분이었다. 아직 꿈이 없는 내게 스트레스도 주지 않고, 싫어하는 일도 억지로 시키지 않는 그가 정말 고마웠다.
그는 나더러 어떤 사람이 되라고 요구하지 않았다. 내가 마땅히 할 일을 전혀 하지 않아도 그는, 나의 행복한 모습을 바라보는 것만으로도 충분히 만족했다.
아마도 이런 게…… 사랑인가 보다.

6

Six.
Becoming an illustrator

일러스트레이터가
되다

내가 일러스트레이터의 길을 걷게 된 건 순전히 우연이었다. 산업디자인을 전공한 내가 전기톱을 내려놓고, 매일 그림을 그리는 고상한 일을 하는 건 어울리지 않는다고 생각했다.

대학교 2학년 2학기에 언니가 결혼을 했다. 그때 나는 미대생이라는 이유 하나만으로 언니와 형부의 사랑 이야기를 간략히 담은 그림을 그려야만 했다. 결혼식 이벤트용이었다. 나는 미대생이지만 산업디자인 전공이고, 일러스트를 전혀 그려보지 않아서 못 한다고 몇 번이나 거절했다. 언니는 어려서부터 내 그림 솜씨를 익히 봐 온 터라 실력을 믿으니 어떻게 그려도 괜찮다며 뜻을 꺾지 않았다. 계속 거절했다가는 언니가 테이블을 확 뒤집어엎을 것 같은 예감이 들었다.

'에라 모르겠다. 대충 그리지 뭐. 어차피 내 결혼식도 아니니까······.'

학교 건물 1층에 있는 작은 마켓에서 수채화용 물감과 스케치북을 손에 잡히는 대로 사고 대충 구상해서 총 열 장을 그렸다.

수채화를 그려본 적은 없지만 이미 수년 째 그림을 그려온 터라 어떻게 그릴지 막막하진 않았다. 하지만 완성하고 보니 양심적으로 말해서 정말 엉망이었다. 그나마 한 가지 위안이라면, 그림이 의외로 꽤 재미있게 묘사되었다는 점이다.

17은 날마다 분주하게 그림을 그리는 나를 보며, 영감을 받아 몰입한다고 느꼈는지 방해하지 않았다. 나는 묵묵히 그림을 완성한 뒤, 프린트 숍에 직접 들고 가서 스캔을 받고 파일로 만들어 언니에게 메일로 보냈다.

큰일을 마친 나는 그림을 책상 위에 툭 던져 놓고, 신나게 수박을 먹으며 텔레비전을 봤다. 17이 내 그림을 집어 들더니 잠시 바라봤다.

"처음 그린 것치고는 괜찮네."

나는 시무룩해졌다.

"지금 놀리는 거지? 수채화도 그릴 줄 모르고 일러스트가 뭔지도 몰라서 그냥 막 그렸어."

"내 말을 못 믿겠으면 인터넷에 한 번 올려볼까?" 나는 잠시 고민했다.

"좋아! 스캔 받느라 돈도 썼는데, 이대로 고스란히 묵히기는 아깝지." 그가 흘겨봤다.

"돈 때문이 아니잖아."

17은 몇몇 그림 사이트에 내 이름으로 회원가입을 하고 그림 몇 장을 올렸다.

다음 날, 수업을 마치고 밥 먹을 준비를 하는데 17이 나를 컴퓨터 모니터 앞으로 끌고 갔다.

"이거 봐. 네 그림이 디자인 전문 사이트 두 곳 메인 페이지에 추천으로 걸렸어. 이것도 좀 봐봐. 네 그림을 좋아하는 사람들이 이렇게 많아. 내가 보기엔 일러스트가 너한테 맞는 일 같아. 한 번 도전해볼래?"

그의 말에 갑자기 머리가 어질어질했다.

"일러스트는 전혀 모른단 말이야. 그냥 운이 좋았던 거겠지. 밥벌이할 정도는 아니라고. 그나저나 우리 밥부터 먹을까?"

17은 허탈하게 웃었다.

"그래. 먹자."

며칠 뒤, 생각지도 못 한 일이 일어났다. 누군가 내게 도서 표지 일러스트를 청탁한 것이다. 원고료도 꽤 높았다. 나는 흥분한 상태로 17에게 달려가서 메시지를 보여주었다.

"자기야! 이것 봐. 나 정말로 이걸로 밥벌이할 수 있나 봐."

나의 길고 긴 일러스트레이터의 길은 그렇게 우연히 시작됐다. 나는 항상 운이 좋은 사람이라고 생각한다. 평범하기 짝이 없는 내가 어릴 때 뜻밖에도 좋은 사람을 만났고, 좋아하는 일을 찾았으니 더없이 감사할 뿐이다.

아직 갈 길이 멀다

'무식한 사람이 용감하다'라는 말이 있다. 일러스트레이터로 첫발을 내디딘 나는 정말 순진했다. 그리고 싶은 대로 그리기만 하면 되는 일인 줄 알았는데 모두 착각이었다. 일러스트레이터도 다른 직업처럼 꾸준히 기술과 실력을 갈고닦는 과정이 필요했다. 강단도 있어야 하고 모든 작업에 열정을 다해야 했다. 일러스트레이터가 되려면 이렇게 자기 수련의 삶을 평생 끝도 없이 살아야 하는 거였다.

당시의 나는 직업인으로서 일에 열정을 쏟는 것 외에 나머지 덕목은 아주 취약했다. 줄곧 부모님의 보호를 받으며 귀하게 자라온 나는, 살면서 좌절을 겪어본 적도 없고 고생을 한 경험도 없었다. 정식으로 그림을 청탁받기 시작하면서부터 갖가지 문제들이 잇달아 발생하자 당황하고 쩔쩔맸다.

실력을 키우기 위해 부단히 그림 연습을 했다. 클라이언트의 각종 요구사항을 만족시키려고 애쓰다 보니 몸도 마음도 지치는 날이 많았다. 충만했던 자신감도 서서히 바닥나고 강했던 인내심도 날이 갈수록 한계를 드러냈다. 심지어 평소 뭐든 건성건성 했던 내가 스스로를 의심하기 시작했다. 한 번씩 변덕을 부렸다가 다시 자신감을 북돋우는 일이 반복됐다.

수업 외의 나머지 시간에는 그림만 그렸다. 클라이언트의 요구 때문에 곤란하거나 아이디어와 기술에 한계를 느껴 힘들어할 때마다 □7은 일을 그만두고 학교나 열심히 다니라며 화를 냈다.

나: "이런 상황이 슬프지만 자기도 나처럼 이렇게 한 걸음씩 성장한 거잖아?"
17: "나는 나고, 너는 너지. 내가 능력이 있으면 네가 좋아하는 일만 하게 할 텐데. 이런 난처한 일을 당하지 않아도 되고, 먹고 살 걱정도 할 필요 없고."

그의 말에 대꾸하지 않고 고개를 숙인 채 계속 그림만 그렸다. 마음이 아파서 견딜 수가 없었다. □7은 가끔 너무 바보 같다. 미래는 우리 두 사람의 것인데, 기어코 혼자 모든 부담을 짊어지려고 한다. 다시는 □7에게 일 이야기를 꺼내지 않기로 결심했다. 그리고 더 열심히 노력해서 그의 든든한 후원자가 되겠다고 굳게 마음먹었다.

Long road ahead

이 편안한 환경에서 그림을 그리라고 못살게 들들 볶아서 결국 나는 그와 함께 지내기로 결정하고 거처를 옮겼다.

진짜 그림을 편안하게 그리게 해주려고 같이 살자고 했을까?
흠, 아무래도 다른 속셈이 있었던 거 같아.

12평짜리 작은 셋방에는 작업용 테이블 하나가 더 놓였다. 우리는 매일 서로 등지고 앉아서 각자의 그림을 그리며 서로의 꿈을 지지하는 동반자가 되었다. 일도 한 사람을 사랑할 때처럼, 묵묵히 어마어마한 노력을 쏟아야 성과가 나타난다. 사랑하는 사람이 세상에서 상처받지 않도록 지켜줄 능력을 갖추기 위해 우리는 더욱 힘을 냈다.

Eternallove

SIX

그의 모든 걸
사랑해

처녀자리
남자친구

처녀자리인 *17*은 매사 깔끔하고 조리 있다.
반면 나는 정반대여서 항상 너저분하고 뒤죽박죽이다.

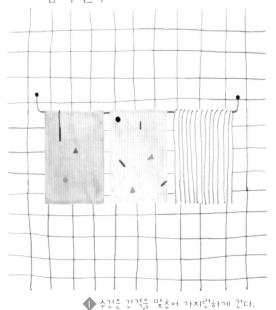

① 수건은 간격을 맞추어 가지런하게 건다.

② 치약은 밑에서부터 짜기 시작해서
조금씩 위로 말아 올린다.

③ 식물은 높이 순으로 배열한다.

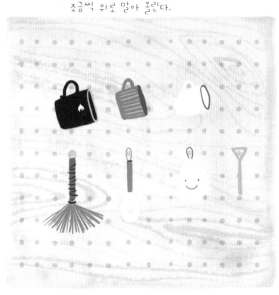

④ 조리도구는 반짝반짝하게 닦는다.

항상 청결하게 유지하지 못해서 17에게 참 미안했다.
오래 같이 살면 서로의 생활방식에 적응할 줄 알았는데
내 생각과 달리 그는 나와 '같은 물'에서 놀기를 거부했다.

그래서 우리 집은 항상 17의 취향대로 깨끗하고 말끔하고 질서정연했다.
그래도 난 괜찮다. 그런 환경도 싫지 않았다.

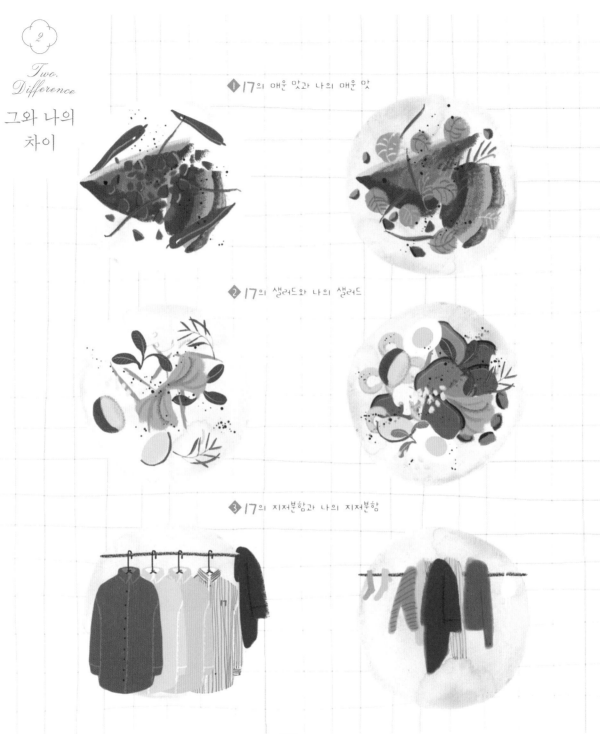

17은 몇 킬로그램이 늘어야 살찐 것, 나는 몇 그램만 늘어도 살찐 것.

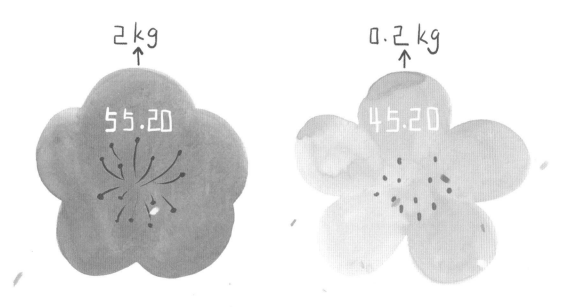

17이 생각하는 행복과 내가 생각하는 행복, 유일하게 일치하는 점.

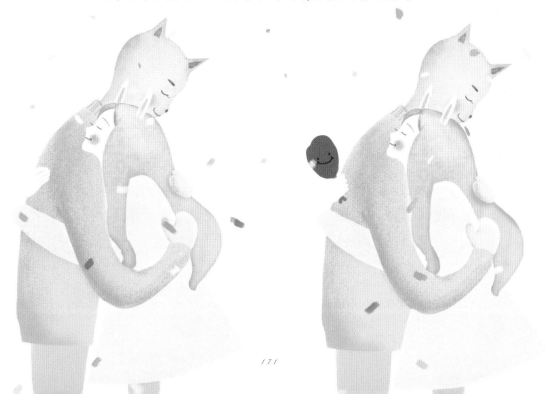

3

Three.
Like everything of you
너의 모든 걸
사랑해

하루는 17과 사이가 틀어졌다.
사실 17처럼 무뚝뚝한 사람과는 말싸움이 불가능해서,
싸움이라고 해봐야 보통 서로 말을 섞지 않고 무시하는 게 다였지만.

🍃🍃🍃🍃🍃🍃🍃🍃🍃🍃🍃🍃🍃🍃🍃🍃🍃🍃

무더운 한여름 오후. 나는 학교수업을 마치고
온몸이 땀에 푹 젖은 채로 집에 돌아와 곧장 냉장고 문을 열었다.
마실 게 있는지 살피는데 생각지도 못 한 수박 반 통이 눈에 띄었다.
반가운 마음에 냉큼 꺼내 랩을 벗기고 입을 대려다가 이상한 점을 발견했다.
수박 가장자리를 따라 고리 모양으로 움푹 파여 있었고,
중간에 씨가 적고 가장 맛있는 부분만 남아 있었다.

17의 뒷모습을 힐끗 보고는 행복함을 숨길 수가 없어서 그에게로 달려가 목을 확 끌어안았다. "자기는 정말 최고야! 진짜 많이 사랑해!"
17은 나의 돌발행동에 화들짝 놀라서 벌떡 일어나며 반사적으로 나를 밀쳤다. 그의 반응에 아랑곳하지 않고 또 달려들어 그의 가슴에 머리를 묻고 마구 비볐다.
"단단! 이 땀 좀 봐! 내 옷이 다 엉망이 됐잖아!"
말로는 싫은 내색을 했지만 그는 웃으며 안아주었다.

17을 만난 후, "사랑한다"고 말한 건 그날이 처음이었다. 우리는 둘 다 감정표현에 서툴러서 뛸 듯이 기쁘고 사무치게 감동해도 버릇처럼 마음으로만 간직했다. 그런데 그날은 정말 별 것도 아닌 일로 감정을 주체하지 못해서 나도 모르게 사랑한다는 말이 입에서 나왔다. 내가 좋아하는 것을 항상 염두에 두고 내 나쁜 버릇까지 기꺼이 받아주는 사람이라는 생각을 늘 하고 있었기에, 자연스럽게 감정이 표출된 것 같다. 서로 토라진 와중에도 여느 때처럼 나에게 잘하는 17. 나는 아주 귀한 보물을 지닌 기분이 들었다.

가끔씩 까칠하게 굴지만
그래도 어찌겠어.
까칠한 그가 마냥 좋은 걸.

4

Four.
A wisdom tooth

사랑니

사랑니에 염증이 생겨 매일 치통에 시달렸다. 어릴 때부터 이 뽑는 걸 너무 무서워해서 나는 꾹꾹 참으며 버텼다. 그러다가 음식을 전혀 씹지 못할 정도로 아파서 참다못해 용기를 내서 결국 발치하기로 마음먹었다.

병원 문 앞까지 가서도 우물쭈물하며 선뜻 안으로 들어가지 못하고 힘없이 17의 팔을 부여잡으며 말했다.
"자기야, 세상이 마구 흔들리는 것 같아. 이거 혹시 나쁜 징조는 아닐까?"
17은 같잖다는 듯이 나를 보며 "지금 너 혼자 떨고 있잖아!" 하더니 온몸을 사시나무 떨듯 하는 나를 꼭 붙잡고 병원으로 들어갔다.
"매정한 남자야!"

LOVE

이를 뽑고 집으로 돌아가는 동안 말을 전혀 할 수 없었고 당연히 음식도 먹을 수 없었다. 17은 괴로워하는 내 모습을 보기가 안쓰러웠는지 비웃던 기색을 싹 거두고 다정하게 내 등을 토닥였다. "괜찮아. 발치했으니까 금방 좋아질 거야. 좋아지면 맛있는 걸 훨씬 많이 먹을 수 있으니까 잘된 일이지? 이렇게 하자. 다 나으면 밤에 훠궈 먹으러 같이 가. 너 밤에 훠궈 먹는 거 엄청 좋아하잖아. 아무리 늦어도 가자고. 어때, 신나지?"

나는 속으로 화가 치밀었다.

'퍽도 신나겠네! 그걸 지금 위로라고 하는 거니? 방금 전에 의사랑 손잡고 억지로 날 의자에 눌러 앉힌 사람이 바로 너잖아? 쳇! 고작 훠궈 한 끼로 날 달랠 작정인가 본데 사람 잘못 봤어. 어림없다고!'

생각은 이렇게 했지만 손은 주책없이 그의 손바닥과 마주치며 하이파이브를 했다. 난 정말 줏대도 없다.

이를 뽑고 며칠은 밥을 제대로 먹지 못했다. 발치한 날 그은 의리를 지키겠다며 자기도 밥을 조금만 먹겠다고 했다. 어려운 상황일 때 상대의 진심이 드러난다고 하더니 그의 말이 무척 마음에 와 닿았다.

발치한 다음 날, 그는 집에 소금이 없다며 사러 나갔다. 그런데 밖에 나갔다가 들어오는 그에게서 케이크 냄새가 풍겼다.
발치한 지 사흘째 되던 날, 그는 집에 생수가 없어서 사러 나간다고 했다. 몰래 그의 뒤를 따라 나갔다. 혹시나 했는데 역시나, 그가 아래층 빵집에 앉아서 빵을 한입 크게 베어 먹고 있었다. 나는 그의 앞으로 가서 양손을 허리에 짚고 선채 매섭게 노려봤다. 나를 보자마자 놀란 표정을 짓더니 이내 침착하게 말했다.
"훠궈 두 끼!"
나는 또 하이파이브를 했다.

Five.
Ordinary days

평범한
하루하루

오래된 연인들의 사랑은 평범하다. 그러나 일상이 멋스러움으로 가득하다.
나와 17의 약속장소는 영화관과 식당에서 마트와 시장으로 차츰 바뀌었고, 나
누는 대화도 내일 뭘 먹고 집에 뭐가 필요한지 상의하는 것이 되었다.

▾∼○ ▾∼○ ▾∼○ ▾∼○ ▾∼○ ▾∼○ ▾∼○ ▾∼○ ▾∼○ ▾∼○ ▾∼○

베란다에 놓인 화분의 수가 점점 늘고, 봄이 지나면서 시들해진 꽃들이 다음 봄
을 기다리는 잔잔한 파도 같은 일상. 작지만 확실한 행복이 있다. 간소하게 차
린 밥상과 따스한 포옹처럼. 우리는 그렇게 평범한 날을 보내며 내일을 또 맞이
한다.

전쟁 같았던
프러포즈

졸업 시즌이 다가왔다. 매일 졸업작품을 준비하느라 작업실에서 보내는 시간이 길었다.

평범하기 그지없던 어느 날, 나는 평소처럼 작업실에서 바쁜 하루를 보내고 온몸에 먼지를 뒤집어쓴 채 밥을 먹으러 17에게 갔다. 들어서자마자 눈앞에 펼쳐진 광경을 보고 깜짝 놀라서 기절할 뻔했다. 커다란 테이블 위에 음식이 한가득 차려져 있었다. 하나같이 내가 좋아하는 것들이었다. 왜 이렇게 거하게 상을 차렸는지 물어볼 새도 없이 냅다 테이블로 가서 음식을 집으려고 하자, 17이 젓가락을 낚아챘다. 나는 빨리 먹고 싶어서 물었다. "왜 못 먹게 해?"

17: "배고프지?"
나: "응!"
17: "평생 누가 이렇게 먹음직스러운 밥상을 차려주면 좋겠지?"
나: "응!"
17: "그럼 나한테 시집와."
나: "응! 응?"
17: "좋아. 오케이 한 거야. 이제 먹어."
나: "……?"

아니, 프러포즈는 원래 한쪽 무릎 꿇고, 다이아몬드 반지도 끼워주고 그러는 거 아닌가. 무슨 이런 프러포즈가 다 있어? 너무 성의가 없는데?

분명 낭만적이지도 않고 분위기도 나지 않는 프러포즈였지만, 내 눈가는 나도 모르게 뜨거워졌다. 길고 긴 남은 생, 나를 위해 기꺼이 밥상을 차려주는 남자를 곁에 두는 것도 괜찮을 듯했다.

Seven.
Promise

약속
할게

우리는 함께 살 집을 새로 단장하려고, 가까운 동네로 이사하기로 했다. 이사하기 전 이미 마음의 준비를 단단히 했는데도 할 일이 어마어마했다. 특히 내 짐이너무 많아서 며칠에 걸쳐서야 겨우 다 쌌고, 이삿짐센터에서 짐을 다 옮기는 데도 꼬박 하루가 걸렸다.

사흘 만에 간신히 집안 정리를 말끔하게 끝냈다. 정리하느라 동분서주하는 **17**을바라보며 나는 미안하다는 말만 계속 했다.
그가 불쑥 내 어깨를 꽉 틀어잡고 자기 앞쪽에 세우더니 정색하며 말했다.
"하나만 약속할 수 있어?"
나는 연거푸 고개를 끄덕였다.
"우리 집을 사서 이사하기 전에는 새 물건 사지 말자. 알았어?"
나는 또 연거푸 고개를 끄덕였다.

이사할 때까지 물건을 사지 않기로 약속한 후, 나는 한동안 잠잠히 지냈다. 그런데 어느 날 굉장히 귀여운 피규어를 발견하고는 안달이 났다. 17과 단단히 약속한 터라 고민을 거듭하다가 큰맘 먹고 일단 물어보기로 했다.

〰️〰️〰️〰️〰️〰️〰️〰️

그의 작업대 옆으로 가서 앉았다. 어떻게 말을 꺼내야 할지 몰라서 한참을 망설이는데 그가 의자를 돌려 나를 봤다.
"무슨 일이 있구나. 말해."
또 한참을 우물쭈물하다가 입을 열었다.
"피규어 사고 싶어. 진짜 귀여워. 아주 조그마해서 자리도 많이 차지하지 않을 거야."

그는 무표정하게 말했다.
"아주 조그마한 게 얼마나 작은 건데?"
"요만해."
나는 손으로 크기를 가늠해 보여주었다.
"진짜야?"
나는 잠시 생각하다가 아까보다 조금 더 큰 손짓으로 보여주었다.
"이만해!"
그는 가만히 나를 바라보며 아무 말도 하지 않았다.
"그래, 상자까지 포함해서 이만큼 작아."
"네 눈엔 이게 작아 보여?"

Small

"요만해."

"엉? 진짜야?"

"이만해."

Small

그는 가만히 나를 바라보며
아무 말도 하지 않았다.

Small

"그래, 상자까지 포함해서
이만큼 작아."

"네 눈엔
이게 작아 보여?"

17의 반응을 보니 포기해야겠다 싶었다.
그런데 그가 자리에서 일어나 내 의자를
자기 앞으로 힘껏 끌어당겼다.
"자, 뽀뽀해주면 사게 해줄게."
❤━❤━❤ ❤━❤━❤━❤━❤━❤━❤━❤━❤━❤━❤
바른생활 사나이도 가끔은 양아치 같은 짓을 할 줄 알았다.

옷
쇼핑

여름이 왔다. 계절이 바뀔 때마다 입을 옷을 찾는데, 여전히 걸칠 만한 게 전혀 없었다. 이것저것 다 입어봐도 영 마음에 들지 않았다.
"17, 여름인데 입을 옷이 하나도 없어."

17은 마침 컴퓨터 앞에 앉아서 편집자와 원고에 관한 이야기를 나누고 있었다.
"어, 그래? 잠깐만 기다려. 얘기 끝나면 같이 사러가자."

17에게 '옷이 없다'는 말은 옷이 해지거나 낡아서 입을 수 없다는 뜻이다. 한마디로 그는 내 꼴이 가여워서 흔쾌히 옷을 사러가자고 한 거였다.

Love ♥

우리는 A 쇼핑몰을 거쳐 B 쇼핑몰까지 돌며 17의 손에 쇼핑백이 그득해질 때까지 옷을 샀다.

buying clothes

집에 도착한 뒤 시원한 수박을 먹으려고 곧바로 주방으로 갔다. 수박을 꺼내면서 17에게 당부의 말도 잊지 않았다.

"자기야, 새로 산 옷 옷장에 좀 넣어 줘. 정리는 이따가 내가 할게."

17이 쇼핑백 한 무더기를 들고 옷장 방향으로 가는 모습을 지켜보며 또 말했다.

"얼른 놓고 와. 수박 먹자."

"……"

17의 대답 소리가 들리지 않았다. 이상한 느낌이 들어 수박을 든 채, 그를 살피러 갔다. 그는 내 옷장 앞에 우두커니 서 있었다. 옷장 안에는 옷들이 곧 쏟아져 나올 듯 꽉 들어차 있었다.

몹시 추웠던
✳   겨울

내가 사는 도시의 겨울은 매섭게 춥다.

한번은 독감에 걸리고 말았다. 약을 먹고 누워 잘 쉬고 푹 자면 좋아질 것 같아 심각하게 생각하지 않았다. 그런데 잠을 잘수록 기운이 축 처지고 온몸이 마치 구름 위에 누워서 둥실둥실 떠다니는 것 같았다.
17이 나를 세게 흔드는 느낌이 들었지만 정신을 차릴 수 없었다. 옷을 안팎으로 몇 겹이나 입히는 느낌이 들었다. 공처럼 몸을 둥글게 말고 있는 나를 안고 밖으로 나가 택시를 잡는 것 같았다.

하필 그날 폭설이 내려서 그는 내 어깨를 꼭 안고 눈 속에서 한참을 서 있었다. 오가는 택시들은 있었지만 모두 승차 거부를 하고 우리를 지나쳤다. 고약한 날씨 탓에 병원으로 가는 길이 만만하지 않았다.
17은 나를 그의 품으로 폭 감싸 안았다. 그의 두 손이 파르르 떨리는 게 어렴풋이 전해졌다. 그는 연신 "미안해, 미안해" 하고 말했다. 그와 함께한 세월이 벌써 여러 해인데 그렇게 당황하고 막막해하는 모습은 처음 봤다. 난 너무 마음이 아파서 "괜찮아, 걱정 마" 하고 위로의 말을 건네고 싶었지만 힘에 겨워 좀처럼 입이 떨어지지 않았다.

❄ ❄ ❄ ❄ ❄ ❄ ❄ ❄ ❄ ❄ ❄ ❄

고향에서 멀리 떨어진 이 도시에서 우리의 존재는 땅에 떨어진 눈송이만큼이나 미약했다. 우리는 서로를 꼭 끌어안고서 의지했다. 우리에게 서로는 연인이자 인생의 전부였다.

SEVEN

사랑의
모든 순간

17의 부모님을
만나다

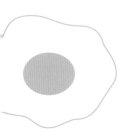

나와 17의 고향은 약 2400킬로미터나 떨어져 있고, 우리가 사는 집은 그 중간쯤에 위치하고 있다.

처음 17의 집에 부모님을 만나러 가기로 했다. 무척 긴장됐다. 17의 성격이 까칠한 걸로 보아 부모님도 틀림없이 살가운 분들은 아닐 것 같았다.

두근거리는 마음을 안고, 나는 혹시 모를 요청에 대비해서 자신 있게 내놓을 만한 요리 몇 가지를 배우기로 했다. 부모님이 음식을 만들어보라고 했는데, 할 줄 아는 요리가 하나도 없으면 창피할 것 같았다. 심사숙고해 메뉴를 고르고, 평소 가지고 다니는 수첩에 레시피를 또박또박 베껴 적어 달달 외웠다. 그리고 17에게 수첩을 보여주며 단단히 일렀다.

"만약에 부모님이 내가 가장 잘하는 요리가 뭐냐고 물으시면 이거 두 가지라고 말해. 알았지?"

그는 표정 없이 나를 흘끗 봤다.

"내가 미처 너한테 말을 못 했는데 말이야. 요리를 못한다고 솔직히 고백하는 게 좋아."

♥ Meeting with his parents

17의 집에 도착했다. 그의 부모님은 17처럼 까칠한 아들을 절대 낳지 못할 사람들처럼 무척 다정하고 친절하셨다. 잠시 대화를 나눈 뒤, 어머니는 주방으로 가서 저녁식사를 준비하셨다. 식탁에 오리탕부터 돼지고기찜, 고추 어두찜, 소고기 장조림까지 한상 차려졌다. 17에게 귓속말을 했다.

"어머니 요리 솜씨가 이렇게 대단한데 왜 진작 말 안 했어?"

그러고는 내 수첩에 적어 둔 그린빈 볶음과 마늘 브로콜리 볶음을 떠올렸다.

아휴…….

17의 어머니가 물으셨다.

"평소에 어떤 음식을 잘 만드니?"

어떻게 대답해야 할지 몰라서 머뭇거리는 사이에 17이 침착하게 대신 대답했다.

"단단은 북방요리만 만들 줄 알아요. 엄마도 알다시피 내가 다른 사람이 만든 요리는 잘 못 먹잖아. 그래서 요리는 주로 내가 해요."

어머니는 계면쩍어하시며 말씀하셨다.

"그랬구나. 내 아들이 좀 까다롭긴 하지. 내 말은 신경 쓰지 말거라."

어머니의 말이 끝나자 17이 우쭐대며 나를 힐끔 봤다.

나도 회답으로 '그래, 알았어. 오늘 네 공은 기억해둘게' 하는 눈짓을 보냈다.

Two.
Noodles of fried eggs with chopped scallions and sausage

달걀 소시지
국수

17의 고향 음식은 기본적으로 다 매웠다. 게다가 매운 정도가 내가 아는 매운맛의 한계를 훌쩍 뛰어넘었다. 음식이 나오면 도대체 뭐가 뭔지 알아볼 수 없었다. 멀리서 보면 죄다 산처럼 쌓인 고추 더미 속에 식재료가 파묻힌 것 같은 형태였다.

어른들과 한 테이블에서 밥을 먹을 때면, 본인이 맛있다고 생각하는 요리를 친절하게 권하셨다. 나는 거절하기가 죄송해서 꼬박꼬박 그 매운 음식들을 받아 먹었다. 덕분에 밥만 먹고 나면 위가 아파서 혼쭐이 났다.

"이렇게 말라서 어쩌누. 많이 좀 먹어야겠네." **17**은 난처해하면서도 크게 개의치 않는 나를 지켜보다가 솔직하게 말했다.

"단단은 위가 안 좋아서 이렇게 매운 음식은 못 먹어요." 어른들은 궁리 끝에 제안했다.

"그럼 몇 가지는 맵지 않게 다시 만들어달라고 하자."

나는 맵지 않을 거라는 어른들의 말이 어떤 의미인지 새로 만든 요리가 나온 뒤에야 비로소 알았다(내 입에는 여전히 매웠다). 이 지역에서는 요리사가 고추를 넣지 않으면 음식을 못 만든다고 했다. 세상에 그런 요리사가 있는 줄은 처음 알았다. 달리 뾰족한 수가 없으니 매운 걸 조금 덜 먹으며 허기를 채울 수밖에 없었다.

집으로 돌아온 뒤 침대에 누워서 멍하니 있는데 배에서 꼬르륵대는 소리가 들렸다. 잠시 후 **17**이 큰 국수 대접을 받쳐 들고 살금살금 들어와서 조용히 문을 닫았다.

"야, 돼지야. 빨리 일어나서 이거 먹어."

열이 받아 벌떡 일어났는데 내 얼굴보다 훨씬 큰 국수 대접이 있었다. 그런데 국수 위에 다진 파만 수북해 약간 실망했다.

"이걸로 만족해. 먹을 만하니까."

어쨌든 기쁜 마음으로 국수를 마구 먹기 시작했다. 젓가락으로 뒤적이다 보니 면 아래 놀랍게도 달걀 프라이가 숨어 있었다. 국수를 계속 파헤쳤더니 소시지도 가득 나왔다. 너무 감동해서 눈물이 왈칵 쏟아질 뻔했다.

17은 씩 웃으며 '쉿!' 하고 손짓을 했다.

"그만 감동하고 빨리 먹어. 금방 그릇 가지고 내려가야 해. 방금 이거 들고 올라오다가 하마터면 엄마한테 들킬 뻔했어."

사랑의
가습기

나와 17은 모두 집에서 일하지만, 일하는 시간대가 서로 다르다. 나는 보통 이른 아침에 일이 잘되는 편이라서 아침 여섯 시경에 일어나 일을 시작하고 밤 열 시쯤 잔다. 반면 17은 저녁형 인간이라 새벽 한 시나 되어야 잠자리에 든다. 나는 잠잘 때 항상 가습기를 가장 세게 틀어 놓고 자는 특이한 버릇이 있다. 안 그러면 자다가 목이 말라서 꼭 깬다. 17은 그런 나를 위해서 밤마다 자기 전에 가습기에 물을 가득 채워 두었다.

한번은 사소한 일로 티격태격하다가 내가 삐쳐서 일찍 자버렸다. 새벽에 일어나 보니 17이 내 옆이 아니라 손님방에서 자고 있었다. 심장이 쿵 내려앉는 것 같았다.

벌써 사랑이 식었나. 흑흑흑…….

우울해서 축 처져 있던 나는 침대 머리맡에 놓인 가습기로 시선을 옮겼다. 가습기에서 수증기가 뭉게뭉게 피어오르고 있었다. 꽁했던 마음이 이내 스르르 풀어졌다. 간밤의 다툼으로 쌓였던 화도 수증기처럼 사라졌다. 그가 한 발 양보했으니 나도 내 마음을 표현하고 싶었다. 그래서 유일하게 할 줄 아는 아침식사 메뉴인 에그 앤 베이컨 샌드위치를 만들기 시작했다. 샌드위치를 만들며 그의 사소한 장점들을 하나하나 떠올려 보니 행복했다. 그래서 달걀과 베이컨을 팍팍 넣었다. 보나마나 그가 좋아하겠지!

때로는 맹세가 담긴 온갖 달콤한 말로도 변함없는 사랑을 증명하지 못한다. 나에게는 물이 가득 채워진 가습기가 어떤 애정표현보다 확실한 사랑의 증거다.

낮이나
밤이나

17이 베이징에서 이사 온 뒤, 우리는 따로 떨어져 지낸 적이 없었다.

내가 대학을 졸업하고 나서는 거의 24시간 둘이 한 몸처럼 움직였다. 장도 같이 보고, 쇼핑도 같이 하고, 일도 같이 하고, 친구도 같이 만나고, 해도 해도 끝이 없는 일상의 잡다한 일들도 같이 해결했다.

결혼 후 하루는 엄마랑 이런저런 잡담을 하다가 엄마가 물었다.

"애, 솔직히 말해서 사랑은 거리를 약간 두어야 아름답다고 하잖니. 난 반평생을 살면서 너희 같은 부부는 첨 봤어. 젊은 사람들이 그렇게 날마다 붙어 있으면 지겹지 않아?"

나는 박장대소했다.

"당연히 지겹지. 엄마는 내가 딸인데도 나랑 종일 같이 있으면 성가시다고 하잖아. 부부사이야 말해 뭐 하겠어. 가끔은 귀찮으면서도 같이 있고 싶을 때가 있어. 이런 게 사랑인가 봐."

"아이고, 못 들어주겠네. 오글거려!"

"엄마가 물어봤잖아! 더 오글거리는 얘기는 아직 시작도 안 했어. 하하하……"

❨ ☀ ❩ ❨ ☀ ❩ ❨ ☀ ❩ ❨ ☀ ❩ ❨ ☀ ❩ ❨ ☀ ❩

17과 함께한 긴 세월 동안 우리는 "사랑해"라는 말을 거의 해본 적이 없다. 이제는 서로를 너무 잘 알아서 사랑한다는 말이 입에서 잘 나오질 않는다. 그런데 신기하게 사랑한다는 말을 하지 않아도 늘 서로의 사랑을 느끼고 전혀 불안하지 않다.

인터넷에서 한 네티즌이 던진 질문과 그에 달린 댓글을 본 적이 있다. '다음 생에도 현재의 남자친구 또는 남편을 만나시겠습니까?' 하는 질문 아래로 별의 별 대답들이 줄을 이었다. 나도 댓글을 달았다.

'아니오.'

나와 17은 한집에서 생활하고, 한집에서 일하고, 낮이나 밤이나 시도 때도 없이 같은 공간에 있다. 우리 부부가 함께 보낸 시간은 아마 다른 부부가 몇 평생을 같이 산 시간과 맞먹을 정도일 거다. 이번 생에 그렇게 충분히 행복하게 잘 살았으면 됐지, 굳이 다음 생에 또 만날 필요가 있을까.

Five.
Everything changes but us

변하지 않은 건
우리뿐

나와 17은 떨어져 지내는 걸 썩 좋아하지 않지만, 가끔 콜라보 작업이 있어서 타지로 협업하러 가야 할 때는 어쩔 수 없이 헤어진다. 하지만 나는 길어도 일주일을 넘기지 않고, 17도 과장해서 보통 이삼일이면 집으로 돌아온다.

한번은 17이 영화 콜라보 작업 때문에 심의용 필름을 보러 베이징에 꼭 가야 했다.

그는 내가 혼자 쫄쫄 굶을까 봐 걱정돼서 떠나기 전에 먹을거리 한 보따리를 집에 사다 놓았다. 대문을 나서면서도 당부의 말을 끝없이 쏟아냈다.

"모르는 사람한테는 절대로 문을 열어주면 안 돼. 저녁에는 되도록 외출하지 말고, 음식을 데워 먹고 나서는 가스 잡그는 거 잊지 마. 만약에 무슨 일이 생기면 당장 나한테 전화해. 바로 돌아올 테니까⋯⋯"

나도 다 자란 성인인데 번번이 이렇게 아이한테나 하는 소리를 듣는다.

집에 종일 혼자 있으니 확실히 심심했다. 평소 각자 다른 방에서 작업하느라 오전 내내 그림자도 못 볼 때가 많지만, 그가 옆방에서 그림을 그리고 있다는 사실만으로도 마음이 푹 놓였다.

■이 출장을 가면 나는 보통 코가 삐뚤어지게 술을 마셨다. 한번은 와인 한 병을 따서 마시며 그림을 그리는데 약간 현기증이 났다. 어쩔 수 없이 손을 놓고 작업실 불을 끈 뒤 감자 칩을 챙겨서 침실로 갔다.

침대에 누워서 감자 칩을 먹으며 영화를 보았다. '■은 지금쯤 뭘 하고 있을까?' 생각하다가 스르르 잠이 들었다. 잠에 취해서 몽롱한 중에 어쩐지 손이 축축한 느낌이 들었다. 꿈일 거라고 생각했지만 어디선가 비닐봉지 바스락거리는 소리도 들려 벌떡 일어나 앉았다. 나는 양손으로 눈을 마구 비볐다. 침대 위에 어질러진 과자봉지를 치우고 있는 ■의 모습이 보였다. 펄쩍 뛰며 소리를 질렀다.

"모레 온다고 하지 않았어? 어떻게 오늘 밤에 왔어?"

■은 어처구니없다는 듯 표정을 지었다.

"너 이러고 있을 줄 알았지. 침대 위에서 과자 먹고, 손도 안 씻고 그냥 자고, 시트가 다 더러워졌잖아. 여기 과자 부스러기 좀 봐."

그는 끝도 없이 잔소리를 퍼부었지만, 나는 그가 돌아와서 기쁘기만 했다.

■은 폭풍 잔소리에도 반항하지 않고 마냥 바보처럼 히죽거리는 날 쳐다보다가 웃음을 터트렸다. 그러고는 가방에서 포장된 오리구이 한 마리를 꺼냈다.

"오후에 비행기 예약하고 시간이 좀 남아서 뭘 할까 생각했는데 문득 대입시험 전에 네가 엄청 잘 먹던 오리구이가 떠올라서 한 마리 사왔어. 수년 만에 갔더니 사장이 바뀌었더라. 옛날 사장은 귀향했대. 지금 사장은 예전 직원이고. 맨날 식당 입구에 엎드려 있던 야옹이도 안 보이고. 아 참, 우리 다니던 화실도 문 닫았더라고. 우릴 가르치셨던 선생님들은 지금 뭘 하실까……"

깊은 밤 창가에 앉아 우리는 오리구이를 먹으며 두런두런 이야기를 나누었다.
서로의 얼굴을 마주보며 웃음도 나누었다. 그래, 모든 게 변했다. 변하지 않은 건
우리뿐. 우리는 여전히 서로의 곁을 지키고 있다.

EIGHT

우리
앞으로도 사랑해

둘만의 결혼식

나와 17은 아무리 바빠도 일 년에 한 번씩 꼭 시간을 내서 여행을 간다. 한번은 둘 다 새 책을 준비하다가 때마침 동시에 완성해서 같이 여행길에 올랐다. 유럽에는 교회가 굉장히 많은데, 나는 쓸모가 없어진 교회에 가서 기도하는 걸 참 좋아했다. 내가 기도할 때마다 17은 옆에서 나를 비웃었다.

"도대체 나쁜 짓을 얼마나 많이 했기에 저렇게 줄기차게 하느님한테 용서를 빌까."

나는 '쉿' 하는 손동작을 아주 엄숙하게 하며 말했다.

"조용히 해. 여태 살면서 내가 먹은 닭, 오리, 생선, 고기가 어마어마하잖아. 걔네들이 다 천당에 무사히 갈 수 있게 기도하는 거야."

밀라노에서 길을 걷다가 이름 모를 작은 교회에 들어갔다. 사람도 별로 없고 매우 조용했다. 나와 17은 긴 의자에 앉아서 눈을 감고 두 손을 모았다. 갑자기 17이 우리 둘만 알아들을 수 있는 작은 목소리로 진지하게 말을 꺼냈다.

"단단 씨, 당신은 17 씨를 남편으로 맞이하시겠습니까?"

까칠하고, 결벽이 있고, 듣기 좋은 말은 할 줄 모르고, 평생 노력해도 빛을 보기 어려울 것 같은 이 남자. 하지만 한결같이 온 힘을 다해 나를 포용하고 사랑하는 남자. 힘든 세상에서 나를 지켜주고, 내가 걱정 없이 살도록 해주고, 사랑이 얼마나 아름다운지 알게 해준 이런 따뜻하고 착하고 헌신적인 남자를 거절할 이유가 있을까? 나는 1초의 망설임도 없이 "네!" 하고 대답했다.

이번엔 내가 허리를 곧게 펴고 미소를 지으며 진지한 말투로 물었다.

"17 씨에게 묻겠습니다. 당신은 단단 씨를 아내로 맞이하시겠습니까? 요리도 못하고, 청소도 싫어하고, 혼자서는 아무것도 못 하고, 매일 양심도 없이 먹고 놀 줄만 알고, 며칠 간격으로 사람을 화나게 하고, 먼저 사과하지도 않고, 무엇보다 백 킬로그램이 넘는 뚱보가 될 수도 있는데, 그래도 아내로 맞아 백년해로 하시겠습니까?"

그는 한바탕 크게 웃고 나서 "싫어, 뚱땡아!" 한 마디를 던지고는 교회 밖으로 줄행랑쳤다. 나는 그를 잡으려고 소리를 지르며 쫓아갔다.

"야! 이 심술쟁이야! 각본대로 해야지. '네!' 하고 빨리 대답하란 말이야!"

그는 아무리 부추겨도 대답하지 않고, 내내 깔깔거리며 무척 즐거워했다.

우리 두 사람만 아는 그 결혼식에는 드레스와 턱시도도 없고, 부케도 없고, 증인으로 설 가족과 친구도 없었다. 심지어 결혼에 동의하는 대답 소리 '네!'조차도 서로 어긋났지만, 모든 게 완벽했다.

우리 이야기가 여기서 끝날 거라고 생각했다면 미안! 아니다.

최근에 나와 17은 자동차 여행을 다녀왔다. 왕복 2600킬로미터, 정말로 즐거운
여정이 되리라고 생각하고 한껏 기대했다. 한 도시에 도착하면 그곳에서 한바탕
실컷 먹고 마시며 즐길 작정이었다. 그러나 뜻하지 않게 자그마한 물건 때문에
나의 멋진 계획이 망가지고 말았다.
그 물건은 바로 두 줄이 선명한 임신 테스트기!
먼 길을 떠나는 차 안에서 17은 나를 위로했다.
"임신하면 좋은 점도 많아. 일 년 동안 생리랑은 작별이잖아. 신나지?"

나는 깊은 한숨만 푹푹 내쉬었다.
"그래, 작별할 게 또 있어. 커피, 와인, 콜라, 홍차, 아이스크림, 생선회, 초밥, 감
자 칩, 털게, 소시지, 맥주, 치킨, 베이컨, 피자, 바비큐, 초콜릿, 꼬치구이, 매운
민물 가재볶음……"
나열하고 나니 배가 또 고프다. 이 음식들의 순서에는 별 의미가 없다. 내게는 다
똑같이 소중한 음식이니까.

물론 당연히 음식보다 더 중요한 건 17이다.
오, 아니, 17만큼 중요한 게 또 있다. 아직 얼굴도 모르는 그 녀석.

커피 사인 콜라

흥자 아이스크림

성서의 첫밥 ㄱ지ㅂ

털게 소시지

맥주 치킨 베이컨

피자 바비큐 초콜릿

꼬치구이 민물가재볶음

너와
함께한
모든
순간

1판 1쇄 인쇄 2021년 4월 30일
1판 1쇄 발행 2021년 5월 5일

지은이 단단
옮긴이 주은주

펴낸이 김봉기
출판총괄 임형준
편집 한선화
디자인 디자인여름
마케팅 김보희, 정상원, 이정훈

펴낸곳 FIKA[피카]
주소 서울시 강남구 삼성동 154-11 M타워 3층
전화 02-6203-0552
팩스 02-6203-0551
이메일 fika@fikabook.io
출판등록일 2018년 7월 6일(제2018-000216호)

ISBN 979-11-90299-04-6 03820

· 책값은 뒤표지에 있습니다.
· 파본은 구입하신 서점에서 교환해드립니다.